四弦散谈

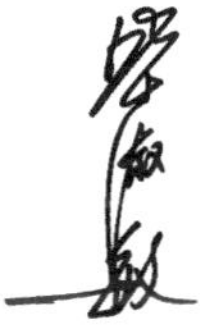

写下你的墓志铭

生活書店 出版有限公司
生活·讀書·新知 三联书店

自序

写下你的墓志铭

那一年，我和朋友应邀到某大学演讲。关于题目，校方让我们自选，只要和青年的心理有关即可。朋友说，她想和学生们谈谈性与爱。我打趣说，既然你谈了性与爱，我就成龙配套，谈谈生与死吧。半开玩笑，不想大家听了都说“OK”，就这样定了下来。

死是一个哲学命题，有人戏说，整个哲学体系，就是建立在死亡的白骨之上。我深知自己不是一个哲学家，思索死亡，主要和个人惧怕死亡有关。在我四五岁时，一次突然看到路上有人抬着棺材在走，我问大人，这个盒子里装着什么？人家答道，装了一个死人。当时我无法理解死亡，只觉得棺材很小，一个人躺在里面，蜷起身子像个蚕蛹，肯定憋得受不了……于是小小的我，产生了对死亡的惊奇和混乱。这种惊奇和混乱使我在相当一段时间内对死亡很感兴趣。我个人有着数十年从医经历，在和平年代，医生是一个和死亡有着最亲密接触的职业。无数次陪伴他人经历死亡，我不能不对这种重大变故无动于衷。还有很重要的一点，就是我十几岁就到了西藏，那里严酷的自然环境和孤寂的旷野冰川，让我像个原始人似的，思索着人从哪里来、要到哪里去这类看似渺茫的问题。

演讲一开始，我做了一个民意测验。我说大家对“死亡”这个题目是不是有兴趣，我心里没底。我不知道有多少人在看到这个题目之前，思索过死亡？

此语一出，全场寂静。然后，一只只臂膀举了起来，那一瞬，我诧异和讶然。我站在台上，可以纵观全局，我看到几乎一半以上的青年人举起了手。我明白了有很多人曾经认真地想过这个问题，比我以前估计的比率要高很多。后来，我还让大家做了一个活动——书写自己的墓志铭。

那天在礼堂的讲台上，有一段时间，我这个主讲人几乎完全被遗忘了，一个又一个年轻的生命为自己设计的墓志铭，将所有的心震撼。

这些年轻的生命，因为思索死亡而带给了自己和更多人力量。

那次讲演，对我的教育很大。人们常常以为，死亡是老年人才需要考虑的问题，这是误区。人生就是一个向着死亡的存在，在我们赞美生命的美丽、青春的活力的时候，我们其实就是肯定了死亡的必然和老迈的合理性。试想一下，如果没有死亡，地球上早就被恐龙霸占着，连猴子都不知在哪里哭泣，更遑论人类的繁衍！

每个人，从我们一出生，生命之钟的倒计时就开始了。当我写下这些字迹的时候，我就比刚才写下题目的时刻，距离自己的死亡更近了一点。面对着我们生命有一个大限存在这样一个残酷的事实，无论是年老或年轻，都要直面它的苛求。

一个人年轻的时候就思索死亡，和他老了才思索死亡，甚至知道死到临头都不曾思索过死亡，是完全不同的境界。知道有一个结尾在等待着我们，对生命的爱惜，对光明的求索，对人间温情的珍爱，对丑恶的扬弃和鞭挞，对虚伪的憎恶和鄙夷，都要坚定很多。

目录

21世纪，我们死在哪里？

新的世纪来了，人们对这个世纪有很多预言。假如记录在案，将来统计一下，看看命中率如何。我有一个小小的预言，估计猜中的概率是很高的，那就是——从上个世纪跨入这个世纪的人，绝大部分无法再跨越到下个世纪去。

你必将死于这个世纪。这不是一个咒语，是一个现实。

哪怕是出生在上个世纪的最后一天，他或她要进入下个世纪，年龄也将超过100岁，老寿星毕竟是有限的。

我们将死在哪里呢?

首先是我不希望自己死于战场，我希望世界持久和平；其次是不希望自己死于恐怖事件；再其次是不希望自己死于交通事故；最后是不希望自己死于天灾和瘟疫。我可以欣然接受自己死于自然规律，死于理智选择过的自我终结，死于我认为有必要付出自己生命的事业。

我的爷爷生于19世纪，死于20世纪的农村。他是死在自己的家里，死的时候很平静。我的父亲死于20世纪的末期，他是死在城市的医院里，全家人围绕在他的身边。

在过去的一个世纪里，死亡悄悄地从家中转移到了医院。如果一个病人，死在家里，人们会遗憾地说：还没来得及送到医院，人就……

人需要到医院里去死，几乎成了文明进步的重要指示剂。现代社会的成就之一就是让死亡从日常的家居中消失，医院的白大褂如同魔法师的黑斗篷，铺天盖地罩住了死亡，死亡变得日益神秘和遥远。

然而，死亡没有走开，它静静地坐在城市的长椅上，耐心地等待着某个适当的时机，把你悄悄地领走。

于是想：面对每个人都必然遭逢的死亡，医院是否是我们最好的终点驿站?

如果有人问，你希望死在哪里?我一定会毫不犹豫地说，死在家里。

死在家里，其实是一件奢侈的事情。世界变了，和早年间不一样了。那时，一个孩子，从很小的时候就看到了老人和动物的死亡，他们接受死亡，并不大惊小怪。谁家有人死了，大家都来帮忙。摘下一块门板，把死去的人放在上面，并不恐惧。各种有关丧仪的习俗，寄托着哀思，也稀释了痛楚。

如今，大家住在密不透风的钢筋水泥森林里，失去了田园的宽阔和农舍的疏朗。如果有一个濒临死亡的人执意要死在家里，估计大家都会不知所措。茫然和惊吓还有无尽的焦灼，会使活着的人煎熬在巨大的混乱中。

需要普及关于死亡的知识。我希望有人告诉我，死亡来临之时，如果我不曾昏迷，我将遇到怎样的麻烦，有何种应对的方案。我不希望对自己生命的最后阶段，稀里糊涂一无所知。我希望像出国旅游之前，先发我一张到达国的地图，以便心中有数。

我希望我的家人对我的死亡有比较充分的准备。他们首先在精神上接受这件事情的必然性，不悲戚和惊惶。在我最后的时刻，保持温和的平稳与冷静。如果实在忍不住，就轻轻地哭泣几声，以示告别。如果在我远行时分，回头看到他们捶胸顿足泪眼滂沱，我会感到无能为力，并因此深深地不安和愧疚。

我希望不要抢救我，不单是为了节省药品，而是因为这样做违背了我的意志。为了让我有短暂的苟延残喘而劳民伤财，实在得不偿失。

我已无怨无悔地度过了整个人生，当应该画上句号的时候，迟迟不落笔，这个尾结得不好，是为憾事。

临死之前，我希望当我不想喝水的时候，就不要喂我水了；当我不想吃饭的时候，就不必劝我吃饭了。我不喜欢某部电视剧中的情节，一位老太太马上就要咽最后一口气了，一位晚来的孝子扑到她跟前说，孩儿来晚了，还没来得及孝顺您老人家。您一定要把孩儿给您带来的这块点心吃了……说着就把一块硬硬的糕饼塞到老人嘴里。结果老人头一歪，死了，饼子也从嘴里掉出来。我觉得这个孝子在母亲最后的时候，考虑的不是老人的实际情况，而是他自己的情感需求。这就不是真孝，不是大孝。当然，可能也和无知有关。国人常常以为只要能吃就是好的，其实大谬。当死亡驾临的时候，能量就是有毒的东西了。

死亡是生命成长的最后阶段。闲暇之时，不妨为自己设计一下死亡，如同一个读书郎，盘算着上哪所大学哪个专业……

悲悯生命

科技发展了，现代人读的是电子读物，乘的是波音飞机。作家，比以前不好当。你能看到的书，他人也能看到。你能参观的自然景点异域风光，别人也许去过得更早更多。从前的诗人，骑一小毛驴儿，走啊走，四蹄就踏出一首千古绝唱。现代的你就是跨着登月火箭，也是干抓一把火山灰阑珊归来。

也许是不自信，我基本上不写游记，不写历史，不写我的时代以外的故事。我将笔触更多地剖向我所生长的土壤，目光关注危机四伏的世界。

写作长篇小说，是一个作家的光荣与梦想（绝无贬低专写短篇小说的大师的意思）。几年前，当我决定开始写作生平第一部长篇小说的时候，具体写什么内容，一时拿不定主意。经过多年储备，很有几份材料是可以写成长篇小说的。它们像一些元宵的坯子，小而很有棱角地站在我的糯米面箩里，召唤着我，期待着我均匀地摇动它们，让它们身上包裹更丰富的米粉，缓缓地膨胀起来，丰满起来，变得洁白而蓬松，渐渐趋近成品。

委实有些决定不下。想写这个，那个又在诱惑；放下这个，又觉得于心不忍。后来我很坚决地对自己说，既然对我来说，哪个都敝帚自珍，就想一想更广大的人更迫切地需要什么。我是一个视责任为天职的人。这样一比较，对于毒品的痛恨和有关生命的哲学思考就凸现出来。也许是我做过多年医生，同病人携手与死亡斗争的经历，让我无法容忍任何一丝对生命的漠视与欺骗。也许是我在海拔五千米的藏北高原当兵的十几年生涯，我痛感生命是那样宝贵与短暂，发誓永远珍爱保卫这单向的航程。

一位屡戒屡吸的女孩对我说，她是因为好奇加无知才染上毒瘾的。我说，报上不是经常宣传吗，你为何置若罔闻？她说，我们不看报，看了也不信。如果你能写一部非常好看的小说，让更多的人早点读到，也许可以救命。

我不相信文学有那么大的效力，就像我当医生的时候，不相信医学可以战胜死亡。但生命本身，就是明知不可为而为之的悲壮过程。我要用我手中的笔与生命对话。

整个《红处方》的写作，是离开北京，在我母亲家完成的。有朋友问，你写作此书的时候，是否非常痛苦与沉重？我说，不是。当我做好准备进入写作状态时，基本上心平气和。我知道要走到哪里去，何地迂回，何地直插，胸中大体有数。长篇小说是马拉松跑，如果边设计边施工，顿挫无序，是无法完成整体设计的。

每天早晨按时起床，稍许锻炼后，开始劳作，像一个赶早拾粪的老农。母亲为我做好了饭，我不吃，她也不吃。在这样的督促下，我顿顿准时吃得盆光碗净，好像幼儿园的小朋友。大约三个月后，初稿完成了。我把它养在电脑里，不去看，也不去想。又大约三个月后，最初的痕迹渐渐稀薄，再把初稿调出。陌生使人严格。看自己的东西，好像是看别人的东西，眼光沉冷起来，发现了许多破绽。能补的补，能缝的缝，当然最主要的是删节。删节真是个好帮手，能使弱处藏匿，主旨分明。

书出版后，很多电视台来联系改编电视剧的事，前后大约有几十家吧。天津电视台的导演和制片人，往返多次，同我谈他们对小说的理解，我被他们的诚意所感动，说，那我就把《红处方》托付给你们了，希望你们郑重地把这件事做好，我想表达对生命的悲悯与救赎。

奶奶是没有翅膀的天使

“奶奶是没有翅膀的天使”——几个字，颤颤巍巍写在一个钥匙链上。一位绒布老奶奶，悬挂在这句话的下面。粉红色的纱裙，充满皱纹的脸，背上展着一对雪白的翅膀。这个小小的纪念品是一位老人做的，送给了政府的一位官员。

米绍女士是新墨西哥州政府老年事务服务局的局长，长着一头浓密的黑头发，为西班牙和印第安裔的混血儿。说实话，她的长相平凡到世俗的地步，一点儿都看不出法学博士的出身和政府官员的背景。

米绍博士的办公室也很有特点，一点儿也不像是办公室，而像是一个家。还不是那种整洁清爽一尘不染的家，是那种乱哄哄杂乱无章的家。比如在米绍博士的办公桌上，和密集的文件夹挤在一起的是一条青里透红的鱼——一条会唱歌的机器鱼。外表酷似真鱼，背鳍高耸怪眼圆睁。悄悄按动机关，拥挤的办公室空间就响起一个沙哑的黑人老汉的声音：我是一条鱼，让我回到大海去，让我回到大海去……

我问米绍博士，为什么要在办公桌上摆一条鱼？

米绍博士说，我做了十年老人局的局长，我的工作令我太沉重了。所以，我这里有很多的玩具。

办公室里确实有很多玩具，稀奇古怪的，比如长着鳄鱼脑袋的唐三彩马，比如奇形怪状的面具和饰物。同时也充斥着另外的极端，一些角落家常而古旧，靠墙脚的地方，摆着一台缝纫机，式样衰老到使你怀疑它是世界上所有缝纫机的祖父。

米绍博士说，我的办公室可能令你惊奇，但是它令到我这儿来的老年人感到亲切。我处理所有有关老年人的事务，他们有了困难，都会来找我。比如老人到医院看了病，他的处方丢了，找谁呢？就可以来找我，这里负责帮助他们。这架缝纫机就是我曾经帮助过的一位老人临去世前送给我的。按照规定，我作为政府工作人员是不能接受礼物的，但我想，这架缝纫机已经没有了实用价值，只是一种象征和纪念，它让进入我办公室的老年人有了一种温暖和时光重返的感觉。

我说，整个新墨西哥州有多少老年人呢？

米绍博士说，我们把60岁以上的人定位为老年人。这样计算下来，新墨西哥州一共有23万老年人。我们是一个小州，全州设有250个为老年人服务的中心，每年的拨款是1200万美元。在这样的中心里，为老年人提供交通便利，比如送老年人到医院去，帮他们代买东西，也为他们做法律、营养、各种护理的服务，另外还设有专门的老年性痴呆和精神病的特别护理中心。除此以外，我们还有很多养老院，每年政府为养老院拨款四个亿，私人慈善机构捐款约四个亿，再加上其他一些款项，每年用于养老院的资金共十亿美元。但是，这些私人机构的养老院，存在着很大的弊病，他们把老年人当作摇钱树，却不能提供给老年人周到的服务，很多老年人在那里冷酷地死去了。还有我们的医疗系统，实在是太昂贵了。很多医生认为老年病是没有价值的病，他们不愿在这上面下功夫。

我很希望能够创立新的模式，让老年人能有更安宁安全幸福的晚年。我们正在摸索。米绍博士说着说着，激动地站了起来。

我做过一件美国50个州的老人局局长都没有做过的事，这件事给我的刺激太大了，它使我重新思考美国的养老机构究竟怎样办，才能最大限度地造福老年人。你想不想知道那是怎样的一件事？

米绍博士说到这儿，一脸调皮的神情让我觉得很有趣。我真是想不出，身为州政府的官员，她究竟做成了怎样的一件事，让她的观念骤变？我说，很想知道。

米绍博士特意把声音压低了说，告诉你吧，我做了一次化装侦察。

尽管已有准备，我还是吓了一跳。我说，您化装成了一个怎样的人？到哪里去侦察？

米绍博士严肃起来，说，我化装成了一位老妇人，大约有70岁的样子吧。我到了一家老人中心，在里面住了三天。我还到了一家医院……

真是匪夷所思。我再次打量着她。在国外不能问女士的年纪，但依我的经验，还是可猜个八九不离十。她大约在45岁至50岁之间，虽说她不是那种精于保养皮肤细嫩的女士，但体态机敏目光灼灼，与老年人相差甚远。再说，以我当过医生的经验，一个人的外表易于伪装，但内里的脏器加上各种生命的指标都诚实得很。米绍博士怎么能在医院蒙混过关呢？

我说，米绍博士，在长达数天的时间里，你全都滴水不漏？就没有一个人怀疑你，发现你的真面目？

米绍博士深深地叹了一口气说，没有，没有任何一个人怀疑我不是真正的老年人。这也正是我最悲哀的所在。

我说，是不是你的化装技术太高超，演技也太好了呢？

米绍博士说，不是。我只做了简单的化装，买了一个花白的发套，穿了一身陈旧破烂的衣服。因为我的姐姐曾经得过老年性麻痹，我就装成那副样子，说话含糊不清。我原来也以为自己很快就会被识破，但是，没有。我悲哀地发现，根本就没有一个人认真地看一眼老年人，即使是那些正在为老年人服务的人也都不曾正眼看过我，只要你是白发和陈旧的衣服，就没有人认真对待你。在老年服务中心，我表示我要洗澡。工作人员很不耐烦地丢给我一块小毛巾，那是多么小的一块毛巾啊！我被关到洗澡间，整整三个小时，没有任何人过问。如果我那时候死了，也不会有人救治。我出来的时候，房间很冷，我半裸着身体，没有人照顾。在某些服务人员的眼里，老年人是不配享有尊严的。

在医院里，我看到一位90岁的老人跌倒在地，骨折了，躺了两个小时没有人管，过往的护士嫌他挡路，还用脚踢他，非常惨……

我看到米绍博士的眼睛半是湿润，半是怒火。

米绍博士说，据我所知，有些私人养老院的老板，用收集来的养老金和政府的资助买古董和艺术品，欠下巨额债务，把养老金都给私吞了。这种弊端，一定要杜绝。我下决心要改变养老的模式。在美国，现在40岁至60岁的一代人，是“二战”以后婴儿潮时期出生的，他们即将步入老年了。这是勇敢的一代人，我期望着美国的养老制度在他们的阶段有新的模式出现。人老了，想和自己的家人在一起，这不但是一种本能，更是一种文化。家庭不但是一种经济结构，更是一种氛围。这对老年人是非常重要的。在这一点上，我们要向亚洲学习。即使不是一家人，也要创造出家庭的气氛。

我的设想是，关闭老人院，把政府的资助拿过来，选择一些很有爱心的家庭，把老人安顿在这样的家庭里。由政府专门机构经常来检查这些家庭照顾老人的情况，如果出现不合格，就取消他们的资格和资助，使这成为一种充满爱心和同情心的社会公益行动。在某种程度上说，这样的家庭是政府雇来照顾老年人的，所以，他要小心，他必须要履行对政府的承诺。

除了我的这种设想以外，在美国的密歇根州、纽约州、佛罗里达州，也都在实验着新的模式。就我个人来说，我很喜欢旧金山中国城的模式。那是专为老年人修建的公寓，是高层建筑，其中是精致的小房间。老人每人每月由政府拨款2800美元，然后由自己决定需要何种治疗何种服务。大楼里有由医生、护士、清洁工人组成的工作团体，老人有权选择他们。这样做的好处是老人有了自主权，钱在他们自己手里。另外一个好处就是比较节约，如果老人住在现有的养老院，政府每月要为每人拨款3500元，还到不了老人手里，很多被养老院私吞了。

还有令人激动的消息就是，美国的国家实验室也在开始研究美国的老龄化问题，希望能用高科技的手段来帮助老年人，比如制造出的可以迅速感知墙面和路面不平的装置，对老年人的行动自由就很有帮助。再有，非常困扰老年人的问题就是上厕所大小便，如果这件事能自理，会使人的尊严感受到很大的维护。这在科技上，应该是有办法可想的。据我调查，老年人最害怕最苦恼的就是这一条。人在最后时刻，除了猝死，大约有90%的人都要经历这一阶段。缩短这个阶段，让人在尽可能长的时间内可以自己处理排泄事宜，对老年人是非常重要的事情。另外，研制出可以听懂人的对话的电脑、电视和炊事用具，都会简化老年人的行动难度。没有一个国家希望自己的老年人成为虚弱无助的大军。总之，当科技手段能与人的关怀结合起来的时候，老年人就不再需要依靠他人，直到他们有尊严地死去。

临走的时候，米绍博士送给我“没有翅膀的天使”这件小礼物。

制造钥匙链的这位老人很可能已经不在人世了，她希望人们能听见她的这句话，能记住她的这句话。老年人其实是一笔巨大的精神财富，我同他们在一起，常常在感动中——米绍博士对我说。

人的精神从哪里来？

1969年，我有幸成为西藏阿里军分区第一批女兵。

我们的背后，是皑皑的雪山，我们的面前，是大名鼎鼎的狮泉河。我们刚刚到高原，要给家人寄一张平安照片，于是大家爬上了卫生科的救护车。那是一辆苏产的嘎斯车，算是很现代化的装备了。

我注视着狮泉河。它是印度河的上游。在寒冷而不结冰的日子，狮泉河是温顺而峻削的，如一把银闪闪的藏刀，锋利地切割着高原峡谷，蜿蜒向远。它以水的纯粹震慑了我，那是一种至高无上的洁净状态。当你看到一小支蒸馏水的时候，会惊讶于它的透彻；看到一瓶矿泉水的时候，会叹息它的清爽。当你注视着滚滚而来的大河，在黎明时分，在阳光闪烁的金斑的触摸下，你如同与一条通体透明的神龙对视。你平凡的目光，可以洞穿它每一个漩涡的脏腑，分辨出每一块卵石的纹路。那一刻，你会感到水的至清无瑕，有一种巨大的压榨性的净化。

人的精神是从哪里来的？我以为很大一部分，甚至关键性的启示，是从大自然而来。人在年轻的时候，能够和自然如此贴近，远离城市，孤独地走进自然的怀抱，你会在一个大的恐怖之后，感到大的欣慰。你会感到一种力量，从你脚下的大地和你头上的天空，从你身边的每一棵草和每一滴水，涌进你的头发、睫毛、关节和口唇……你就强壮和智慧起来。

读书也会使我们接触这些道理，但是我们记不住它。大自然是温和而权威的老师，它羚羊挂角不露声色地把伟大的关于生命和宇宙的真理，灌输给我们。

你在城市里，有形形色色的传媒，有四通八达的因特网，有权威的红头文件和名不见经传的小道消息，摩肩接踵，耳濡目染。你几乎以为你无所不能，你了解整个世界。但是，且慢！在人群中，你可能了解地球，但你永远无法真正逼近——什么是宇宙？——这样终极的拷问。

你必得一个人和日月星辰对话，和江河湖海晤谈，和每一棵树握手，和每一株草耳鬓厮磨，你才会顿悟宇宙之大，生命之微，时间之贵，死亡之近。

我以为在很年轻的时候，有机缘迫近这番道理，是一大幸运。你可以比较地眼界开远，比较地心胸阔大，比较地不拘一格，比较地宠辱不惊。

顺便说一句，那天照相的时候，虽然在日历上是属于夏季，但女伴们都穿着棉袄，只有我例外。我在想，若是把夏天穿棉袄的照片寄回家，我妈妈会伤心的，她会说，那个地方怎么这么冷啊？于是，我忍着寒冷，坚持穿绒衣，外面罩着小翻领的单军装。

我们把照片寄走。很久之后，军邮车带来了家人对我们在高原所摄照片的反馈。我记得很清楚，妈妈说——为什么别人都穿得挺严实，你却要单？我知道阿里有多冷，记着啊，夏天也要穿棉袄。

七条金鱼在呼吸

一天，我家先生从外面捡回一个旧缸，果酱色，半截高，估计是以往哪个单位食堂和面用的，现在都订盒饭吃了，老功臣就被遗弃。先生讨回来，主人一定暗地高兴，免掉扔它到垃圾箱的麻烦。

旧缸摆在客厅，显得不伦不类。我家的陈设虽十分普通，但和一个黑黢黢的土缸，还是难协调。有朋友来，惊异道，毕淑敏，你该不是在积农家肥吧？

我不语，且看先生如何安排。星期天，他从街上买回了七条金鱼和一束水草。鱼和草都是最普通的那种，红的鳍和绿的羽叶在盛满水的塑料袋中蜷曲漂荡。先生把缸刷了许久，一边刷一边嘟囔，可千万别是腌过咸菜的，那样会把鱼齁死……

我这才知道，先生要用这缸养金鱼。

我说，为什么不买一个好看的缸呢？透明的，有灯的那种，还有氧气泵什么的，缸的背景贴上美丽的水草图案，鱼在里面会笑的。

先生一边仔细擦拭着面缸，一边说，我小的时候，我家的院子里，就有这样一个缸，里面就养着这样的金鱼和这样的水草……

话一说到这个份儿上，我知道任何建议都已枉然。

每人的童年都有一些结，七缠八绕凝在那里，不断地放射出引起我们的快乐、怀念和其他种种复杂情感的蛛丝。

缸刷好了，金鱼们迁徙进这个以前不知做过何用途的新居，开始争先恐后地吃先生抛撒的鱼虫。先生特地告诉我，喂鱼一只手。也就是说，此事就由他承包了。如果谁有时无刻地想起来，乱喂一气，那样金鱼很容易撑死的。它们自己没什么数，全靠人控制。先生叮咛。

既然剥夺了我的监护权，我也乐得清闲，每日按部就班地忙自己的事。一日，在电脑打字的间歇中，突然听到点点滴滴的破碎声。疑是水龙头没拧好，厨房卫生间一通寻找。不是。坐下工作，那声音重又浮现，锲而不舍，仿佛在嘲笑我的粗心。于是再站起身，细致搜索，那声音便奇迹般地消失了，以致我恐惧起自己是否患了老年幻听。

怪哉！当我安静时，那声音一定是存在的；当我行动时，那声音就受惊似的遁去。怎么会有这般的灵性呢？只有一个解释——那声音是有生命的物体发出的。想到此，吓一跳，好在很快释然。我想到了那七条金鱼。

待我悄然起身，走近缸边，果然看到金鱼们正在水面呼吸。圆圆的唇一半在水中，一半在外面，吞咽着，吹拂着，于是就有极细碎的气泡，翻滚着涌出，然后迅即迸裂，发出蚕丝扯断般光滑和柔润的碎裂声……

哦，原来是你们啊，陪伴着我的生灵！

从此，我写作的时候，就有了一种伙伴感。我知道近在咫尺的地方，有七条金鱼不倦地游动着。

金鱼的呼吸声很有趣，只有当你极宁静的时候，才听得到。如果你心浮气躁，它就奇异地潜藏了。刚开始我以为金鱼有什么特异功能，可以感知到我的心绪。当我忧郁的时候，它们也郁郁寡欢。但我很快发现，当我欢愉的时候，也听不到金鱼的呼吸。为什么呢？难道金鱼会有意识地抑制自己的呼吸吗？

和金鱼做伴久了，我才知道，我家金鱼的呼吸，基本上是一个常数。除非极受惊扰时会深潜水底，其余的时候，是不间断的，其频率可达每分钟130次。也就是说，假如碰巧七条金鱼都在水面呼吸，每分钟就会有将近1000次美妙的声音敲击我们的耳扉。

听不到，不是金鱼屏息，而是那一刻心绪不宁。只有心神归一，情感上万籁俱寂，才有可能听到金鱼的呼吸。听到之后，就很奇怪，这样整齐而轰鸣的声音，片刻前怎么就置若罔闻了呢？

于是写作累了的时候，就听金鱼的呼吸。金鱼的呼吸好似一扇门，打开之后，接着听到了很多的声音：一只鸟在啼叫、汽笛的断续抽噎声、一个小小的婴儿在哭、一枚铁钉掉在马路上了……七条金鱼用它们的呼吸，吹拂开了捂住我双耳的黑手，让我听到了很多美妙的声音。

豆角鼓

有一个在幼儿园就熟识的朋友，男生。那时，我们同在一张小饭桌上吃饭。上劳动课的时候，阿姨发给每人一面跳新疆舞用的小铃鼓，里头装满了豆角。当我择不完豆角丝的时候，他会来帮我。我们就把新疆铃鼓称为豆角鼓。

以后几十年，我们只有很少的来往，彼此都知道对方在城市的某一个角落里愉快地生活着。一天，他妻子来电话，说他得了喉癌，手术后在家静养，如果我有时间的话，请给他去个电话。我连连答应，说明天就做。他妻子略略停了一下说，通话时，请您尽量多说，他会非常入神地听。但是，他不会回答你，因为他无法说话。

第二天，我给他打了电话。当我说出他的名字以后，对方是长久的沉默。我习惯地等待着回答，猛然意识到，我是不可能得到回音的，我便自顾自地说下去，确知他就在电线的那一端，静静地聆听着。自言自语久了，没有反响也没有回馈，甚至连喘息的声音也没有，感觉很是怪异，好像你面对着无边无际的棉花垛……

那天晚上，他的妻子来电话说，他很高兴，很感谢，希望我以后常常给他打电话。

我答应了，但拖延了很长的时间，也许是因为那天独自说话没有回声的感受太特别了。后来，我终于再次拨通了他家的电话。当我说完，你是××吗？我是你幼儿园的同桌啊……

我停顿了一下，并不是等待他的回答，只是喘了一口气，预备兀自说下去。就在这个短暂的间歇里，我听到了细碎的哗啦啦声……这是什么响动？啊，是豆角鼓被人用力摇动的声音！

那一瞬，我热泪盈眶。人间的温情跨越无数岁月和命运的阴霾，将记忆烘烤得蓬松而馨香。

那一天，每当我说完一段话的时候，就有哗啦啦的声音响起，一如当年我们共同把择好的豆角倒进菜筐。当我说再见的时候，回答我的是响亮而长久的豆角鼓声……

脚比鞋贵重

先有了脚，然后才有了鞋。幼小的时候，光着脚在地上走，感觉沙的温热，草的润凉，那种无拘无束的洒脱与快乐，一生中将我们从梦中反复唤醒。

走的路远了，便有了跋涉的痛苦。在炎热的沙漠被炙得像鸵鸟一般奔跑，在深陷的沼泽被水蛭蜇得肿痛……

人生是一条无边的路，于是人们创造了鞋。

穿鞋是为了赶路，但路上的千难万险，有时尚不如鞋中的一粒沙石令人感到难言的苦痛。

鞋，就成了文明人类祖祖辈辈流传的话题。

鞋可由各式各样的原料制成，最简陋的是一片新鲜的芭蕉叶，最昂贵的是仙女留给灰姑娘的那只水晶鞋。

无论什么鞋，最重要的是合脚；不论什么样的婚姻，最美妙的是和谐。

切莫只贪图鞋的华贵，而委屈了自己的脚。别人看到的是鞋，自己感受到的是脚。脚比鞋重要，这是一条真理，许许多多的人却常常忘记。

我做过许多年医生，常给年轻的女孩子包脚。坚硬的鞋帮将她们的脚踝磨得鲜血淋淋。缠上雪白的纱布，套好光洁的丝袜，她们袅袅地走了。但我知道，当翩翩起舞之时，也许会有人冷不防地抽搐嘴角，那是因为她的鞋。

看到过祖母的鞋，没有看到过祖母的脚。她从不让我们看她的脚，好像那是一件秽物。脚驮着我们站立行走。脚是无辜的，脚是功臣。丑恶的是那鞋，那是一副刑具，一套铸造畸形残害天性的模型。

每当我看到包办而蒙昧的婚姻，就想到了祖母的三寸金莲。

幼时我有一双美丽的红皮鞋，但鞋窝里潜伏着一只夹脚趾的虫。每当我不愿穿红皮鞋时，大人们总把手伸进去胡乱一探，然后说：“多么好的鞋，快穿上吧！”为了不穿这双鞋，我进行了一个孩子所能爆发的最激烈的反抗。我始终不明白：一双鞋好不好，为什么不是穿鞋的人具有最后的否决权？！

滑冰要穿冰鞋，雪地要穿雪靴，下雨要穿雨鞋，旅游要穿运动鞋。大千世界，有无数种可供我们挑选的鞋，脚却只有一双。朋友，你可要慎重！

少时参加运动会，临赛的前一天，老师突然给我提来一双橘红色带钉跑鞋，助我在田径比赛中如虎添翼。我脱下平日训练的白网鞋，穿上像橘皮一样柔软的跑鞋，心中的自信也突然溜掉了。鞋钉将跑道锲出一溜齿痕，我觉得自己的脚被人换成了蹄子。我说我不穿跑鞋，所有的人都说我太傻。发令枪响了，我穿着跑鞋跑完全程。当我习惯性地挺起前胸，去冲撞冲刺线的时候，那根线早已像绶带似的悬挂在别人的胸前。

橘红色的跑鞋无罪，该负责任的是那些劝说我的人。世上有很多很好的鞋，但要看适不适合你的脚。在这里，所有的经验之谈都无济于事，你只需在半夜时分，倾听你脚的感觉。

看到那位赤着脚参加世界田径大赛的南非女子的风采，我报以会心一笑：没有鞋也一样能破世界纪录！脚会长，鞋却不变。于是鞋与脚，就成为一对永恒的矛盾。鞋与脚的力量，究竟谁的更大些？我想是脚。只见有磨穿了的鞋，没见有磨薄了的脚。鞋要束缚脚的时候，脚趾就要把鞋面挑开一个洞，到外面去凉快。

脚终有不长的时候，那就是我们开始成熟的年龄。认真地选择一款适宜自己的鞋吧！

削足适履是一种愚人的残酷，郑人买履是一种智者的迂腐。步履维艰时，鞋与脚要精诚团结；平步青云时，切不要将鞋抛弃……

当然，脚比鞋贵重。当鞋确实伤害了脚，我们不妨赤脚赶路！

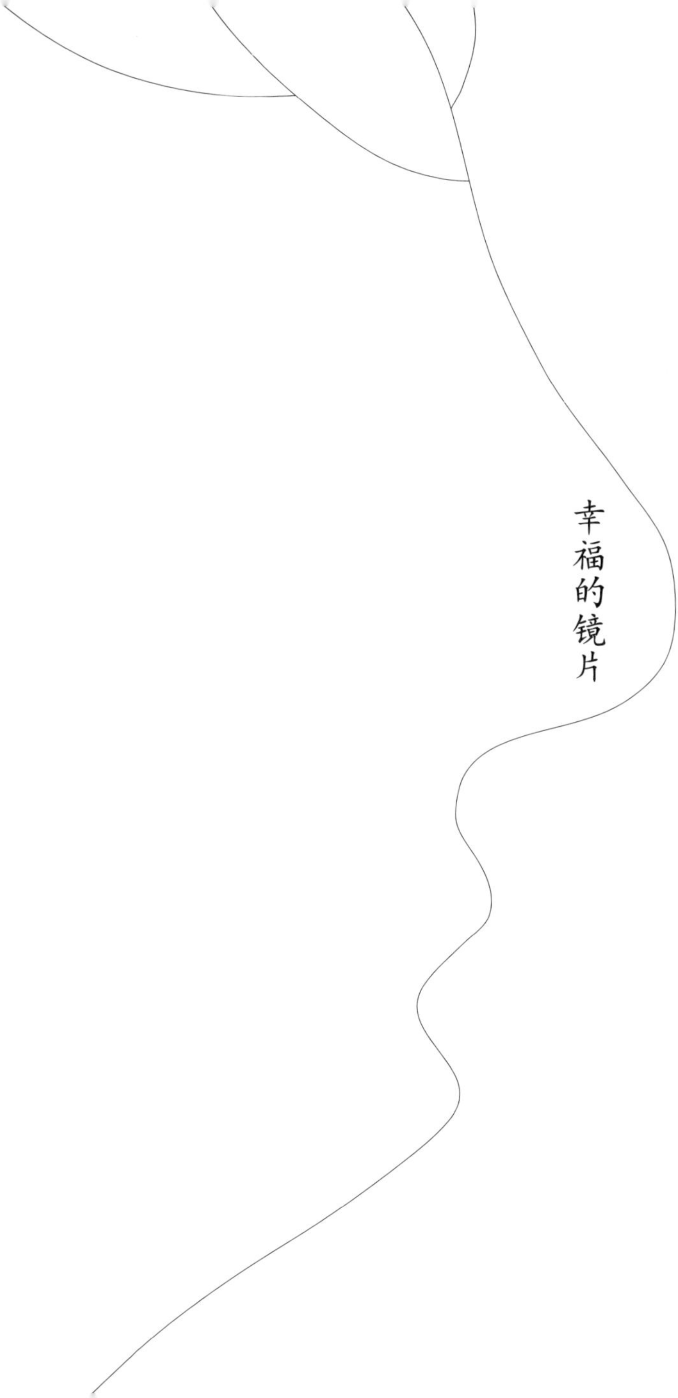

幸福的镜片

现今的家庭，有些简直成了情绪的火葬场。一位女友说，先生在外面笑眯眯，人都赞脾气好，可回到家里，满脸晦气，令人沮丧。女友恼火地抗议，你不要金玉其外，轮到自家人时，却像八大山人笔下的鱼鹰，白眼球多，黑眼球少。先生立即反驳道，人又不是仪器，不可能总调整在最佳状态。发愁的时候，懊恼的时候，垂头丧气的时候，你让我到哪里撒火？和领导吵吗？不敢抗上；和同事争吗？来日方长，得罪不起；在公共汽车上和不相干的人口角吗？人家招你惹你了？那不是伤及无辜，太不“五讲四美”了吗？女友说，我是你亲人，却经常看你黑着脸，你这不是残害忠良吗？先生说，家是最隐蔽最放松的场所，一个人若是在家里都不能扒下面具，赤裸裸做人，那才是大悲哀。我阴沉着脸，并非对你有恶意，只是情绪病了。你装聋作哑好了，不必同我一般见识。有什么不中听的话，并非针对你，只是宣泄独自的郁闷。如果你爱我，就请原谅我的种种真实……

女友困惑地说，人怎么能把家庭当作消化情绪的垃圾场？这样下去，谈何幸福？！

我倒以为幸福的家庭，不妨成为回收情绪垃圾的炼炉，将成员的种种不快以至愤慨忧愁苦恼悲凉……都虚怀若谷地包容下来，然后紧闭炉门，不再泄漏。让那炉中真火慢慢熬炼，直到怨气焚化成白色无害的灰烬，如烟散去，不见踪影。

这事儿说起来简便，实施的时候，却很易失控。人在家居，心不设防，就像没打过麻疹疫苗的小儿，对情绪缺少抵抗力。一旦心境恶劣，极易传染他人。又因至爱亲朋，血脉相通，结果一人发火，污染全体，大家受难。很多原本是外界的小风波，最后演成家庭的全武行。

好的家庭要有丝网般的过滤功能。快乐的幸福的消息，如高屋建瓴，肥水快流，多拉快跑，让佳音火速进入所有成员的耳鼓。忧郁的不幸的消息，只要不关急务，便遮掩它，蹒跚它，让时间冲刷它的苦涩，让风霜漂白它触目惊心的严酷。

好的家庭是会变形的镜片，能发生奇妙的折射。凸透使视物变大，凹透让东西变小。如果是愉快的源泉，哪怕只是夫妻间的一个手势，孩子捧出的一杯清水，远方朋友的一个问候，陌生人的一个祝福……都应透过放大镜，使它纤毫毕现，华光四射。让一朵杜鹃，蔓延出一片火红的山谷；让一个口哨，轰响成一部辉煌的乐章；从一片面包，憧憬出今后日子的和美丰足；携一缕春光，扩展成融融暖意，铺满整个家庭空间。

如果是苦难和灾异，比如亲朋远逝，祸起萧墙，泰山压顶，骤雨狂风……降临的种种天灾人祸，经了家庭镜片的折射，都应竭力缩小它的规模——淡化压力的强度，软化尖锐的硬度，衰减振荡的烈度，压缩波及的范围，控制哀痛的伤害，截短作用的时间……让家人在家的庇护下，惊魂甫定，休养生息，疗治创口，积聚新力，重新鼓起生活的勇气。

这是否就是澳洲鸵鸟的战术，一厢情愿？我想明晰的镜片和浑黄的沙砾有原则性区别。无论喜讯还是噩耗，通过家庭镜片的折射，它们未曾消失，依然存在，改变的只是外界事物作用于我们的感觉。

放大欢乐，缩小痛苦，这就是幸福家庭的奇妙镜片功能。

机智地永别

曾看到一篇文章，是几位日本女性谈她们对死亡的准备。从40多岁起，她们就柔和淡定地筹划这件人生大事，先是把家中的布局改成适合于老年人居住，然后精简家具，处理杂物，特别是将纯属个人秘密的信件和日记焚烧一空。把自己的整个生存状态，清点得好似一家盘空的商店，随时都可结账……读时，心好像被一只略带冷意的手轻轻握着，微痛而警醒。待到读完，那手猛地松开了，有新鲜蓬松的血，重新灌注四肢百骸，令人感到阳间的温暖。

第一次清晰地觉察生人对死亡的准备，是十几岁下乡时，房东大娘在秋阳下晾晒老衣。她脸上欣赏的神色和寿装绚丽妖娆的色彩，令我感到老人有一种早日套入它们的期待。细想起来，农牧社会的死亡，也是节俭和孤立的。一个人死了，涉及的不过是几件旧衣，或烧或送，都好处置。其他农具家具炊具，属于大家庭，不会也不应随了死者遁去。

现代社会在种种进步之中，也使死亡奢华和复杂起来。你穿过的旧衣，色彩尺码打上强烈的个人印迹，假如没有英王妃黛安娜的名气，无人拍卖无处保存；你读过的旧书，假如不是一代文豪，现代文学馆也不会收藏，只有掩在尘封中，车载斗量地卖废品；你用过的旧家具，式样过时，假如不是紫檀或红木，也无后人青睐，或许丢弃垃圾堆；你的旧照片，将零落一地，随风飘荡，被陌生的人惊讶地指着问：这是谁？

当我认真思忖死后的技术性问题时，感觉到的不再是对死亡的畏惧，而是对不幸参与料理这一事务的人充满歉意。假如是亲人，必会引起悸痛，但我的本意，是望他们平静；假如是素不相识的人，出于公务或是仁慈相助，更理应减少他人的劳动强度。

我原以为死亡的准备，主要是思想和意志方面的，属于哲学和宗教的范畴。现在才发觉，物质和事务的处理，也非常重要。或者说，只有更明智巧妙地摆下人生的最后棋子，才是更完美地获得善终与尊严。一名演员，演出序曲的时候，就该考虑到最后的谢幕。

永别的艺术，是一个值得深入探讨的问题。日本女人的想法，像她们的插花，细致雅丽，趋于婉约。我想，这门诀别的艺术，不妨有种种流派，比如豪放幽默、韵味悠长或斩钉截铁，都可以事先多次设计，身后一次完成。或许将来可有一种永别大赛，看谁的准备更精彩，构思更奇妙。

唯一的遗憾，是这比赛的优胜者，无法亲自领奖了。

自信第一课

1972年的一天，领导通知我速去乌鲁木齐报到，新疆军区军医学校在停顿若干年后第一次招生，只分给阿里军分区一个名额，首长经过研究讨论，决定让我去。

按理说，我听到这个消息应该喜出望外才是。且不说我能回到平地，吸足充分的氧气，让自己被紫外线晒成棕褐色的脸庞得到“休养生息”，就是从学习的角度讲，在重男轻女的部队能够把这样宝贵的唯一的名额分到我头上，也是天大的恩惠了。但是在记忆中，我似乎对此无动于衷，也许是雪山缺氧把大脑纤维冻得迟钝了。我收拾起自己简单的行李，从雪山走下来，奔赴乌鲁木齐。

1969年，我从北京到西藏当兵，那种中心和边陲的，文明和旷野的，优裕和茹毛饮血的，高地和凹地的，温暖和酷寒的，五颜六色和纯白的……一系列剧烈反差，就在我的心底搅起了沧海桑田般的变化。面临死亡咫尺之遥，面对冰雪整整三年，我再也不是当初那个天真烂漫的城市女孩，内心已变得如同喜马拉雅山万古不化的寒冰般苍老。我不会为了什么事件的突发和变革的急剧而大喜大悲，只会淡然承受。

入学后，从基础课讲起，用的是第二军医大学的教材，教员由本校的老师和新疆军区总医院临床各科的主任、新疆医学院的教授担任。记得有一次，考临床病例的诊断和分析，要学员提出相应的治疗方案。那是一个不复杂的病案，大致的病情是由病毒引起重度上呼吸道感染，病人发烧流涕咳嗽，白细胞减少，还伴有一些阳性体征。我提出方案的时候，除了采用常规的治疗外，还加用了抗菌素。

讲评的时候，执教的老先生说："凡是在治疗方案里使用了抗菌素的同学都要扣分。因为这是一个病毒感染的病例，抗菌素是无效的。如果使用了，一是浪费，二是造成抗药，三是无指征滥用，四是表明医生对自己的诊断不自信，一味追求保险系数……"老先生发了一通火，走了。

后来，我找到负责教务的老师，讲了课上的情况，对他说：

"我就是在方案中用了抗菌素的学员。我认为那位老先生的讲评有不完全的地方。我觉得冤枉。"

教务老师说："讲评的老先生是新疆最著名的医院的内科主任，是在解放前的帝国医科大学毕业的；在国民党的军队里做到很高的医官，他的医术在整个新疆是首屈一指的。把这老先生请来给你们讲课，校方已冒了很大的风险。他是权威，讲得很有道理。你有什么不服的呢？”

我说：“我知道老先生很棒。但是具体问题要具体分析。他提出的这个病例并没有说出就诊所在的地理位置。比如要是在我的部队，在海拔五千米以上的高原，病员出现高烧等一系列症状，明知是病毒感染，一般的抗菌素无效，我也要大剂量使用。因为高原气候恶劣，病员的抵抗力大幅度下降，很可能合并细菌感染。如果到了临床上出现明确的感染征象时才开始使用抗菌素的话，那就晚了，来不及了，病员的生命已受到严重威胁……”

教务老师沉默不语。最后，他说：“我可以把你的意见转告给老先生，但是，你的分数不能改。”

我说：“分数并不重要。您听我讲完了看法，我已知足了。”

教室的门开了，校工闪了进来，搬进来一把木椅子摆在讲案旁，且侧放。我们知道，老先生又要来了。也许是年事已高，也许是习惯，总之，老先生讲课的时候是坐着的，而且要侧着坐，面孔永远不面向学生，只是对着有门或有窗的墙壁。不知道他这是积习，还是不屑于面对我们，或是有什么难言之隐。

这一次，老先生反常地站着。他满头白发，面容黧黑如铁，身板挺直如笔管，让我笃信了他曾是国民党医官一说。

老先生目光如锥，直视大家，音量不大，但在江南口音中运了力道，话语中就有种清晰的硬度了。他说：“听说有人对我的讲评有意见，好像是一个叫毕淑敏的同学。这位同学，你能不能站起来，让我这个当老师的也认识你一下？”

我只有站起来。

老先生很注意地看了我一眼，说：“好。毕淑敏，我认识你了，你可以坐下了。”

说实话，那几秒钟，真把我吓坏了。不过，有什么办法呢?

说出的话就像注射到肌肉里的药水一样，你是没办法抠出来的。

全班寂静无声。

老先生说：“毕淑敏，谢谢你。你是好学生，你讲得很好。你的话里有一部分不是从我这儿学到的，因为我还没有来得及教给你那么多。是的，作为一个好的医生，一定不能全搬书本，一定不能教条，要根据具体的情况决定治疗方案。在这一点上，你们要记住，无论多么好的老师，也不可能把所有的规则都教给你们。我没有去过毕淑敏所在的那个五千米高的阿里，但是我知道缺氧对人的影响。在那种情况下，她主张使用抗菌素是完全正确的。我要把她的分数改过来……”

我听到教室里响起一阵轻微的欢呼。因为写了抗菌素治疗的不仅我一个，很多同学为这一改正而欢欣。

老先生紧接着说：“但在全班，我只改毕淑敏一个人的分数。你们有人和她写的一样，还是要被扣分。因为你们没有说出她那番道理，是知其然而不知其所以然。你现在再找我说也不管事了，即使你是冤枉的也不能改。因为就算你原来想到了，但对上级医生的错误没敢指出来。对年轻的医生来说，忠实于病情和病人，比忠诚于导师要重要得多。必要的时候，你宁可得罪你的上司，也万万不能得罪你的病人……”

这席话掷地有声。事过这么多年，我仍旧能够清晰地记得老先生如锥的目光和舒缓但铿锵有力的语调。平心而论，他出的那道题目是要求给出在常规情形下的治疗方案，而我竟从某个特殊的地理环境出发，并苛求于他。对一个初出茅庐的年轻人的不全面的异议，老先生表现出虚怀若谷的气量和真正医生应有的磊落品格。

真的，那个分数对我来说完全不重要，重要的是我在此番高屋建瓴的话语中悟察到了一个优等医生的拳拳之心。

我甚至有时想，班上同学应该很感激我的挑战才对。因为没过多长时间，老先生就因为身体的关系不再给我们讲课了。如果不是我无意中创造了这个机会，我和同学们的人生就会残缺一段非常凝重宝贵的教诲。

我的三年习医生涯，在我的生命中是一个重大的转折。我从生理上明了了人体，也从精神上对自已有了更多的信任。我知道了我们的灵魂居住在怎样的一团组织之中，也知道了它们的寿命和限制。如果说在阿里的时候我对生命还是模模糊糊的敬畏，那么，老师的教诲使我确立了这样的观念：一生珍爱自身，并把他人的生命看得如珠似宝，全力保卫这宝贵而脆弱的珍品。

旅行使我们谦虚

由于工作的关系，我常常旅行。旅行比居家的时候辛苦，这是不消说的。中国有句古话——在家千日好，出门一时难——说的就是这份不易。但时间长了，待在家里，筋骨锈了，就会生出一份隐隐的焦灼，迫不及待地想到外面走走去。

是什么诱惑着我们放弃安宁和舒适，离开温暖的家，在某一个清晨或是深夜，毅然到遥远的他乡去了呢？

当然，很多时候，是为了谋生，为了无法推卸的责任和理由。但是，随着温饱的解决，我们越来越自觉自愿地选择了——人在旅途。

一次，我应邀到国外访问。在规定的活动完结之后，主人很热情地让我挑选一个完全自由的项目，以便我可以更深入地了解这个国家。我想了想，提笔写下了：乘坐火车或是长途汽车，在大地上旅行。主人看了看那张纸说，好，我们很乐意满足您的要求。只是，您的目的地是哪里呢？您究竟要到哪里去呢？

我说，没有目的地，不到哪里去。坐着车在土地上行走，就是目的，就是一切了。

我固执地认为，要真正认识一个国家，一个民族，一块土地，一处山水，你必得独自漫游。

旅行使我们谦虚。飞驰的速度，变换的风景，奇异的遭遇，萍逢的客人……这一切旅途中可能发生的事件，强烈地超出了我们已知的范畴，以一种陌生和挑战的姿态，敦促我们警醒，唤起我们的好奇，在我们被琐碎磨损的生命里，张扬起绿色的旗帜；为我们刻板疲惫的生活，注入新鲜的活力。

久久的蜗居，易使我们的视野狭小，胸怀仄斜，肌力减弱，肺廓扁平……这个时候，收拾好行囊，告辞亲人，踏上旅途吧！

珍惜旅途吧！火车上那些不眠的夜晚，凭窗而立，看铁轨旁一盏盏路灯，闪着紫蓝色的光芒，倏忽而逝，许多记忆幽灵般地复活了。

人们常常在旅途中，猛地想起湮灭许久的往事，忆起许多故人的音容笑貌。好像旅行是一种溶剂，溶化了尘封的盖子，如烟的温情就升腾出来了。

人们常常在旅途中，向相识才几个小时的旅伴倾诉衷肠，彼此那样深刻地走入了对方的精神世界。我甚至知道几位青年，竟这样找到了自己的终身伴侣。

有人把这些解释为——旅途使人们亲近，是因为没有利害关系。我不同意这个观点。正是因为同乘一列车，同渡一条船，才使我们如此亲密。旅行使人性中温暖的那些因子，弥散开来。

旅途也有困厄和风雨，艰难和险恶。但是，这不会阻止真正的旅行者的脚步。旅行正是以一种充满未知的魅力，激起人们不倦的向往。

花圈

20多年前，我在藏北高原当兵。高寒、缺氧、病痛……一把把利刃悬挂在半空，时不时地抚摸一下我们年轻的头颅。一般是用冷飕飕的刀背，偶尔也试试刀锋。

于是就常有生命骤然折断，滚烫的血沁入冰雪，高原的温度因此有微弱的升高。

凡有部队的地方就有陵园。每逢清明和突然牺牲将士的时候，我们就要赶制花圈。因为我们是女兵，花圈就要扎得格外美丽。我们最初扎花圈的时候，觉得像做手工一样有趣。

做花圈先要有架子。若在平原，竹子、藤条、木棍……都是上好的材料。但对于高原，这些平常物都是奢侈品。男兵用钢筋焊出一人多高的巨环，中间用钢丝攀出蛛网似的细格，花圈的骨骼就挺立起来了。

我们在乒乓球案子上做花。五颜六色的花纸堆积如山，刚开始的时候，似乎有些节日的气氛。女孩们分成几组，有的把纸裁成大小不等的方块，有的剪出形状各异的花瓣，有的用糨糊粘绿叶……有条不紊，各显神通。

忙了一阵子之后，所需的花朵基本上备齐了。屋里花红柳绿的，对我们习惯了莹白冰雪颜色的眼睛来说，真是享受。

该往黝黑的钢环上绑花了。一圈红的，一圈蓝的……白花最多，像高原上万古不化的寒冰。

花圈渐渐成形，女孩子们的嬉笑声渐渐沉寂。一朵朵的花是艳丽的，一圈圈的花就有了某种庄严。当一个个硕大的花环肃穆而凝重地矗立在我们面前时，一种被悲哀压榨的痛苦，像鸟一样降临在我们心头。

这是献给一个或是一组年轻生命的祭品。

每次做花圈，都要整整干上一天。先给司令部做，再给政治部做，然后还有后勤部……人们认为女孩天生与花有缘，殊不知这凄冷的花卉，令人黯然神伤。

有一天下午，我们为一位牺牲在边境线上的战友赶制花圈。因为第二天就要下葬，一直干到夜里三点。倦意袭来，绑花时钢丝不停地扎手，有鲜血像红豆似的渗出。马上就要完工时，桌上的电话铃猛然响了。我揉着眼睛问，什么事啊？

对方低沉着嗓音说，刚才夜间紧急集合时，一个战士翻身跃起，突然倒在地上死去了。请你们再赶制一个花圈。

那一瞬，我痛彻骨髓。那个不认识的男孩啊！当我们开始制那个花圈的时候，你还活着。当我们制完那个花圈的时候，就要为你制花圈了。

那一夜，女兵们彻夜无眠。当雪山上的朝阳莅临军营，大卡车把我们的产品运至墓地。

摄影干事们很忙，他们用最好的角度把墓前的花圈照下来，寄往内地的某处小村。那些牺牲了的士兵的父母，永远无法到达高原。他们会在无数个月夜，看着相片上的一丘黄土和伟岸辉煌的花圈，潸然泪下……

我对生命悲观，但不厌倦生活

有人问我，对自己的才能有没有过怀疑或是绝望？

我是一个“泛才能论”者——即认为每个人都必有自己独特的才能，赞成李白所说的“天生我材必有用”。只是这才能到底是什么，没人事先向我们交底，大家都蒙在鼓里，本人不一定清楚，家人朋友也未必明晰，全靠仔细寻找加上运气。有的人可能一下子就找到了；有的人费时一世一生；还有的人干脆终身在暗中摸索，不得所终。飞速发展的现代科技，为我们提供了越来越多施展才能的领域，例如爱好音乐，爱好写作……都是比较传统的项目，热爱电脑，热爱基因工程……则是近若干年才开发出来的新领域。有时想，擅长操纵计算机的才能，以前必定也悄悄存在着，但世上没这物件时，具有此类本领潜质的人，只好委屈地干着别的行当。他若是去学画画，技巧不一定高，就痛苦万分，觉得自己不成才。比尔·盖茨先生若是生长在唐朝，整个就算瞎了一代英雄。所以，寻找才能是一项相当艰巨而重大的工程，切莫等闲视之。

人们通常把爱好当作才能，一般说来，两相符合的概率很高，但并不像克隆羊那样惟妙惟肖。爱好这个东西，有的时候很能迷惑人。一门心思凭它引路，也会害人不浅。有时你爱的恰好是你不具备的东西，就像病人热爱健康，矮个儿渴望长高一样。因为不具备，所以就更爱得痴迷，九死不悔。我判断人对自己的才能，产生深度的怀疑以至绝望，多半产生于这种“爱好不当”的漩涡之中。因此在大的怀疑和绝望之前，不妨先静下心来，冷静客观地分析一下、考察一下自己的才能，真正投影于何方。评估关头，最好先安稳地睡一觉，半夜时分醒来，万籁俱寂时，摒弃世俗和金钱的阴影，纯粹从人的天性出发，充满快乐地想一想。

为什么一定要强调充满快乐地去想呢？我以为，真正令才能充分发育的土壤，应该同时是我们分泌快乐的源泉。

遇上人生的低潮期，最好选择安静地等待。好好睡觉，像一只冬眠的熊。锻炼身体，坚信无论是承受更深的低潮或是迎接高潮，好的体魄都用得着。和知心的朋友谈天，基本上不发牢骚，主要是回忆快乐的时光。多读书，看一些传记。一来增长知识，顺带还可瞧瞧别人倒霉的时候是怎么挺过去的。趁机做家务，把平时忙碌顾不上的活儿都趁此时干完。

有人问我，对生活，你有没有产生过厌倦的情绪？

说心里话，我是一个从本质上对生命持悲观态度的人，但对生活，基本上没产生过厌倦情绪。这好像是矛盾的两极，骨子里其实相通。也许因为青年时代，在对世界的感知还混混沌沌的时候，我就毫无准备地抵达了海拔五千米的藏北高原。猝不及防中，灵魂经历了大的恐惧，大的悲哀。平定之后，也就有了对一般厌倦的定力。面对穷凶极恶的高寒缺氧、无穷无尽的冰川雪岭，你无法抗拒人的渺弱和生命的孤单。你有一千种可能性会死，比如雪崩，比如坠崖，比如高原肺水肿，比如急性心力衰竭，比如战死疆场，比如车祸枪伤……但你却在苦难的夹缝当中，仍然完整地活着。而且，只要你不打算立即结束自己的生命，就得继续活下去。愁云惨淡畏畏缩缩是活，昂扬快乐兴致勃勃也是活。我盘算了一下，权衡利弊，觉得还是取后种活法比较适宜。不单是自我感觉稍愉快，而且让他人（起码是父母）也较为安宁。就像得过了水痘，对类似的疾病就有了抗体，从那以后，一般的颓丧就无法击倒我了。我明白日常生活的核心，其实是如何善待每人仅此一次的生命。如果你珍惜生命，就不必因为小的苦恼而厌倦生活。因为泥沙俱下并不完美的生活，正是组成宝贵生命的原材料。

为了能够紧紧地握住一双手

女孩，你真的不怕死人吗?

我在北京隆冬碧蓝色的天穹下，这样问一个美丽的小姑娘，站在临终关怀医院晒满了白色被单的院落里。

她穿着一件1994年初最时髦的红色太空棉短大衣，裹在黑色健美裤里的双腿挺拔有力，脚蹬一双柿黄色皮短靴——整个身躯灵巧得像一匹香獐。

我从来没有见过香獐，但它是我想象中最灵动活泼的生物，我愿以它来命名这位年轻的志愿者。

我不怕，不怕这些就要死去的人。人要死的时候，都非常善良。和他们在一起，我觉得很温暖。女孩说。

北京的这所临终关怀医院，坐落在亚运村附近。在高楼大厦之间，有一套小小的院落，几十张病床，经年累月住得满满的。风烛残年的老人，把这里当作最后的驿站。他们得到周到的治疗和细心的照料，直到走进永恒的宇宙。院长告诉我，这里入院病人的平均住院时间是13.7天。

您明白这个数字的意思吗？院长问我。

我明白。我说。它的意思就是所有走进这所医院的病人，在不到两周的时间内，都永远地离开了我们。

是的。院长说。他们在告别这个世界的最后的日子里，都格外地渴望温情。

有一个小姑娘，在一个偶然的机会里，知道了有这样一所医院，她告诉了她的伙伴们。“志愿者”这个名词是与世界同步的象征。半是好奇，半是女孩天生的爱心，她和她的伙伴们就到这里来了，在一个星期五的下午，像一群小香獐跑近这白色的森林。

刚进院门，她们就后悔了，甚至不敢迈进充满药气的病房。她们像黎明时分凝结的露珠，幼小和清凌。她们无法理喻什么是死亡。

在护士的陪伴下，我战战兢兢地走进病房。穿柿黄靴子的小姑娘说。

一个老人一把抓住我的手，连连叫：杜鹃……杜鹃！

我刚要说我不是什么杜鹃，护士使了个眼色，我就闭紧了嘴。老人望着我，眼神里有一种深沉的眷恋，嘴边荡出微笑。我和他对视着，恐惧渐渐散去，心里充满了从天而降的感动。

那一天，别的同学忙着擦玻璃、给病人喂饭，我几乎什么也没有做，只是被那个濒危的老人握着手。他的手很瘦，可是很软，好像用旧的毛巾。

护士后来告诉我，老人的女儿远在美国，名叫杜鹃。电报发了一封又一封，女儿就是不回来。他的神志已经模糊了，把我当成了杜鹃。

因为学校里的功课很紧，我们只能一周来一次临终关怀医院。我真的觉得我成了杜鹃，急切地盼望着下次志愿者活动的日子。时间终于到了，我第一个跑进病房，再也不觉得害怕了。推开房门，在老人躺过的病床上，他已经像烟一样地消失了，现在是一位老奶奶了……

我明白了什么是死亡，它就是一个人永远地不在了。我们每一个人都会老的，我们每一个人都会死的。我希望在我死的时候，身边能有一个女孩，我能紧紧地握着她的手……真的，就是为了这个，因为我们都会有那一天。为了那一天到来的时候，我不会太孤单，我现在就要付出，所以我要做一个志愿者，所以我不怕死亡……

听一个如此晶莹如此年轻的女孩，在晴朗的天气里谈论死亡，有一种苍凉凄婉的美丽，盘旋于我们的头顶。

您的问题问完了吗？穿柿黄靴子的女孩很有礼貌地问我。

哦……完了。我说。我还有许多问题想问她，但看出她心不在焉。

那我就走了，我还要到病房里去给他们唱歌呢。她转过身。

哦，问最后一个问题，你给他们唱的是什么歌呢？我说。

唱《九九艳阳天》，就是“十八岁的哥哥呀坐在河边……”那首。她轻声吟起来。你还会唱这么老的歌哪？我有些吃惊。这是30多年前的流行歌曲了。

原来不会唱的，后来一位老人对我说，他年轻时最喜欢这首歌的。我就让我妈妈教会了我。我想，一个人年老的时候，唱起以前的歌，就会回忆起年轻的时候。等我老了，也许要让那时的志愿者，唱一支《潇洒走一回》了。不知道她们会不会给我唱。

女孩子略微有些忧郁地说。

会的，她们一定会的。我十分肯定地说。

清脆的歌声像鸽哨一样，在白色的院落上空翱翔。

“九九那个艳阳天来哟，十八岁的哥哥呀坐在河边……”

我在寻找那片野花

一位女友，告诉我这样一件事。

上小学的时候，班上有个女同学，叫作荞，家境贫寒，每学期都免交学杂费的。她衣着破烂，夏天总穿短裤，是捡哥哥剩下的。我和她同期加入少先队。那时候，入队仪式很庄重。新发展的同学面向台下观众，先站成一排，当然，脖子上光秃秃的，此刻还未被吸收入组织嘛。然后一排老队员走上来，和非队员一对一地站好。这时响起令人心跳的进行曲，校长或是请来的英模——总之是德高望重的长辈，口中念念有词，说着“红领巾是红旗的一角，是用烈士的鲜血染成”等教诲，把一条条新的红领巾发到老队员手中，再由老队员把这一鲜艳的标志物，绕到新队员的脖子上，亲手绾好结，然后互敬队礼，宣告大家都是队友啦！隆重的仪式才算完成。

新队员的红领巾，是提前交了钱买下的。荞说她没有钱。辅导员说，那怎么办呢？荞说，哥哥已超龄退队，她可用哥哥的旧领巾。于是，那天授巾的仪式，就有一点特别。当辅导员用托盘把新领巾呈到领导手中的时候，低低说了一句。同学们虽听不清是什么，但能猜出来——那是提醒领导，轮到荞的时候，记得把托盘里的那条旧领巾分给她。

满盘的新领巾好似一塘金红的鲤鱼，支棱着翅角。旧领巾软绵绵地卧着，仿佛混入的灰鲫，落寂孤独。那天来的领导，可能老了，不曾听清这句格外的交代，也许他根本没想到还有这等复杂的事。总之，他一一发放领巾，走到荞的面前，随手把一条新领巾分给了她。我看到荞好像被人砸了一下头顶，身体矮了下去。灿如火苗的红领巾环着她的脖子，也无法映暖她苍白的脸庞。

那个交了新红领巾的钱，却分到一条旧红领巾的女孩，委屈之极，当场不好发作，刚一散会，就怒气冲冲地跑到荞跟前，一把扯住荞的红领巾说，这是我的！你还给我！

领巾是一个活结，被女孩拽住一股再猛挣，就系死了，好似一条绞索，把荞勒得眼珠凸起，喘不过气来。

大伙儿扑上来拉开她俩。荞满眼都是泪花，窒息得直咳嗽。

那个抢领巾的女孩自知理亏，嘟囔着，本来就是我的嘛！谁要你的破红领巾！说着，女孩把荞哥哥的旧领巾一把扯下，丢到荞身上，补了一句——我们的红领巾都是烈士用鲜血染的，你的这条红色这么淡，是用刷牙出的血染的。

经她这么一说，我们更觉得那条旧得凄凉。风雨洗过，阳光晒过，捎了颜色，布丝已褪为浅粉。铺在脖子后方的三角顶端部分，几成白色。耷拉在胸前的两个角，因为摩挲和洗涤，絮毛纷披，好似炸开的锅刷头。

我们都为荞不平，觉得那女孩太霸道了。荞一声未吭，把新领巾折得齐整整，还了它的主人，把旧领巾端端系好，默默地走了。

后来我问荞，她那样对你，你就不伤心吗？荞说，谁都想要新领巾啊，我能想通。只是她说我的红领巾是用刷牙的血染的，我不服。我的红领巾原来也是鲜红的，哥哥从9岁戴到15岁，时间很久了。真正的血，也会褪色的。我试过了。

我吓了一跳。心想，她该不是自己挤出一点血，涂在布上，做过什么试验吧？我没敢问，怕得到一个肯定的答复。

毕业的时候，荞的成绩很好，可以上重点中学，但因为家境艰难，只考了一所技工学校，以期早早分担父母的窘困。

在现今的社会里，如果没有意外的变故，接受良好的教育，是从较低阶层进入较高阶层的——不说是唯一，但可以说是最基本的——孔道。荞在很小的时候，就放弃了这种可能。她不是国色天香的女孩，没有王子骑了白马来会她。所以，荞以后的路，就一直在贫困的底层挣扎。

我们这些同学，已到了知天命的岁月。在经历了种种人生，尘埃落定之后，屡屡举行聚会，忆旧兼互通联络。荞很少参加，只说是忙。于是，那个当年扯她领巾的女子说，荞可能是混得不如人，不好意思见老同学了。

荞是一家印刷厂的女工。早几年，厂子还开工时，她送过我一本交通地图。说是厂里总是印账簿一类的东西，一般人用不上的。碰上一回印地图，她赶紧给我留了一册，想我有时外出，或许会用得着。

说真的，正因为常常外出，各式地图我很齐备，但我还是非常高兴地收下了她的馈赠。我知道，这是她能拿得出的最好的礼物了。

一次聚会，荞终于来了。她所在的工厂宣布破产，她成了下岗女工。她的丈夫出了车祸，抢救后性命虽无碍，但伤了腿，从此吃不得重力。儿子得了肝炎休学，需要静养和高蛋白。她在几地连做小时工，十分奔波辛苦。这次刚好到这边打工，于是抽空和老同学见见面。

我们都不知说什么好，只是紧握着她的手。她的手掌上有很多毛刺，好像一把尼龙丝板刷。

半小时后，荞要走了，同学们推我送送她。我打了一辆车，送她去干活的地方。本想在车上多问问她的近况，又怕伤了她的尊严。正斟酌为难时，她突然叫起来——你看！你快看！

窗外是城乡交界部的建筑工地，尘土纷扬，杂草丛生，毫无风景。我不解地问，你要我看什么呢？

荞很开心地说，我要你看路边的那一片野花啊。每天我从这里过的时候，都要寻找它们。我知道它们哪天张开叶子，哪天抽出花茎，在哪天早晨突然就开了……我每天都向它们问好呢！

我一眼看去，野花已风驰电掣地闪走了，不知是橙是蓝。看到的只是荞的脸，憔悴之中有了花一样的神采。于是，我那颗久久悬起的心，稳稳地落下了。我不再问她任何具体的事情，彼此已是相知。人的一生，谁知有多少艰涩在等着我们，但荞经历了重重风雨之后，还在寻找一片不知名的野花，问候着它们。我知道在她心中，还贮备着丰足的力量和充沛的爱，足以抵抗征程的霜雪和苦难。

此后我外出的时候，总带着荞送我的地图册……

谁是家务劳动者?

在某届博览会上，展出了科学家新近制造出的女机器人。形象仿真容貌美丽，并具有智慧（当然是人们事先教给她的），可以用柔和的嗓音，回答观众提出的各种问题。

在女机器人的耳朵里，装有可把观众所提问题记录下来的仪器。展览结束之后，经过统计，科学家们惊奇地发现，男人所提的问题，和女性大不同。

男人们问得最多的是——你会洗衣服吗？你会做饭吗？你会打扫房间吗？

女人们问的多是——你是怎样被制造出来的？你的目光能看多远？你的手有多大劲儿呢？

看到这则报告之后，我很有几分伤感。一个女人，即使是一个女机器人，也无法逃脱家务的桎梏。在人类的传统中，女性同家务紧密相连。一个家，是不可能躲开家务的。所以，讨论家务劳动，也就成了重要的话题。

家务活灰色而沉闷。这不仅表现在它的重复与烦琐，比如刷碗和拖地，日复一日年复一年味同嚼蜡，更因为它的缺乏创造性。你不可能把瓷盘刷出一个窟窿，也不能把水泥地拖出某种图案。凡是缺乏变化的工作，都令人枯燥难挨。

更糟糕的是，家务劳动在人们的统计中，是一个黑洞。如果你活跃在办公室，你的劳动就进入了人们的视野，被重视和尊敬。但是你用同样的时间在做家务，你好像就是在休息和消遣，一片空白，什么也不曾留下。在我们的职业分类中，是没有“家庭主妇”这一栏的。倘若一个女性专职相夫教子，问她的孩子，你妈妈在家干什么呢？他多半回答：我妈妈什么都不干，她就是在家待着。丈夫回家，发现了某种疏漏，就会很不客气地说，我在外面忙得要死，你整天在家闲着，怎么连这么点小事都干不好呢？

在人们的意识中，家务劳动是被故意忽视或者干脆就是藐视的。它张开无言的长满黑齿的巨嘴，把一代代女人的青春年华吞噬，吐出的是厌倦和苍老。

于是，很多女人就在这样的幽闭之下，发展出病态的洁癖。她们把房间打扫得水晶般洁净，不允许任何人扰乱这种静态的美丽。谁打破了她一手酿造的秩序，她就仇恨谁。她们把自己的家变成了雅致僵死的悬棺，即使是孩子和亲人，也不敢在这样的环境中伸展腰肢畅快呼吸。她们被家务劳动异化成一架机器，刻板地运转着，变成了无生气的殉葬品。

在外工作的女人们更处于两难境地。除了和男性一样承担着工作的艰辛以外，更有一份特别的家务，在每个疲惫的傍晚，顽强地等待着她们酸涩的手指。如果一个家不整洁，人们一定会笑话女主人欠勤勉，却全然不顾及她是否已为本职工作殚精竭虑。更奇怪的是，基本没有人责怪该家的男人未曾搞好后勤，所有的账独算在女人头上。瞧，世界就是如此有失公允。

记得听过一句民谚——男人世上走，带着女人两只手。我觉得不公道。某人的个人卫生，当然应该由他自己负责，干吗要把担子卸到别人肩上？为什么一个男人肮脏邋遢，人们要指责他背后的女人？如果一个女人衣冠不整，为什么就没人笑话她的丈夫？在提倡自由平等的今天，家务劳动方面，却是倾斜的天平。

更有一则洗衣粉的广告，让人不舒服。画面上一个焦虑的女人，抖着一件男衬衫说，我的那一位啊，最追求完美。要是衣领袖口有污渍，他会不高兴的……愁苦中，飞来了××洗衣粉，于是，女人得了救兵，紧锁的眉头变了欢颜。结尾部分是洁白挺括的衬衫，套在男人身上，那男人微笑了，于是，皆大欢喜。

我很纳闷儿，那位西装笔挺的丈夫，为什么不自己洗衬衣呢？自己的事情自己做，这难道不是我们从幼儿园就该养成的美德吗？怎么长大了成家了，反倒成了让人服侍的贵人？我的本意不是说夫妻之间要分得那么清，连洗谁的衣服也要泾渭分明，但基本的权利和义务还是要有个说法的。自己的衣服妻子帮着洗了，首要的是感激和温情，哪有因为自己把衣服穿得太脏了洗不净，反倒埋怨劳动者的？是否有点吹毛求疵？再者，你做不做完美主义者可以商榷，但不能把这个标准横加在别人头上，闹得人家帮了你，反倒受指责，这简直就是恩将仇报了。

近年来，在已婚女性当中，流行一种“蜂后征候群”。意思是，一个女人，既要负起繁育后代的责任，又要杰出而强大，成为整个蜂群的领导者，驰骋在天空。如果做不到，内心就遗下深深的自责。

女性解放自己，首先要让自己活得轻松快乐。现代社会的发展，让人们有越来越多的时间回到家庭，与亲人相处。一个家的舒适与否，很大程度上取决于家务劳动的质量和数量。作为这一工作的主要从业人员，妇女应该得到更大的尊重和理解。男性也需伸出自己有力的臂膀，分担家务，把自己的家园建设得更美好温馨。

带白蘑菇回家

妈妈爱吃蘑菇。

到青海出差，在幽蓝的天穹与黛绿的草原之间，见到点点闪烁的白星。

那不是星星，是草原上的白蘑菇。

路旁有三三两两的藏胞，坐在五颜六色的口袋中间，仰着褐色的面庞，向经过的汽车微笑。袋子口，颤巍巍地露出花蕾般的白蘑菇。

从鸟岛返回的途中，我买了一袋白蘑菇，预备两天后坐火车带回北京。

回到宾馆，铺下一张报纸，将蘑菇一柄柄小伞朝天，摆在地毯上，一如它们生长在草原时的模样。

小姐进来整理卫生，细细的眉毛皱了起来。我忙说，我要把它们带回去送给妈妈。小姐就暖暖地笑了，说，您必须把蘑菇翻个身，让菌根朝上，不然蘑菇会烂的。草原上的白蘑菇最难保存。

听了小姐的话，我让白蘑菇趴在地上，好像晒太阳的小胖孩儿，温润而圆滑地裸露在空气中。

上火车的日子到了。小姐帮我找来一只小纸箱，用剪刀戳了许多梅花形的小洞，把白蘑菇妥妥地安放进去。原先的报纸上印了一排排圆环，好像淡淡的墨色的图章。

我吓了一跳说，是不是白蘑菇腐坏了？小姐说，别怕。新鲜的白蘑菇的汁液就是黑的。

进了卧铺车厢，我小心翼翼地把纸箱塞在床下。对面一位青海大汉说，箱子上捅了这么多的洞，想必带的是活物了。小鸡？小鸭？怎么听不见叫？天气太热，可别憋死了。

我说，带的是草原上的白蘑菇，送给妈妈。

他轻轻地重复，哦，妈妈……好像这个词语对他已十分陌生。半晌后才接着说，只是你这样的带法，到不了兰州，蘑菇就得烂成污水。

我大惊失色地说，那可怎么办？

他说，你在卧铺下面铺开几张纸，把蘑菇晾干，保持它的通风。

我依法处置，摆了一床底的蘑菇。每日数次拨弄，好像育秧的老农。蘑菇们平安地穿兰州，越宝鸡，抵西安，直逼郑州……不料中原一带，酷热无比，车厢内郁闷如桑拿浴池，令人窒息。青海汉子不放心地蹲下检查，突然叫道：快想办法！蘑菇表面已生出白膜，再捂下去，就不能吃了！

在蒸笼般的火车里，你还有什么办法可想？我束手无策。

大汉二话不说，把我的白蘑菇重又装进浑身是洞的纸箱。我说，这不是更糟了？他并不解释，三下五除二，把卧铺小茶几上的水杯、食品拢成一堆，对周围的人说：烦请各位把自家的东西，拿到别处去放，腾出这个小桌，来放小箱子。箱子里装的是咱青海湖的白蘑菇，她要带回北京给妈妈，我们把窗户开大，让风不停地灌进箱子，蘑菇就坏不了啦。大家帮帮忙，我们都有妈妈。

人们无声地把面包、咸鸭蛋和可乐瓶子端开，为我腾出一方洁净的桌面。

风呼啸着。郑州的风，安阳的风，石家庄的风……鱼贯地穿箱而过。白蘑菇黑色的血液，渐渐被蒸发了，烘成干燥的标本。

青海大汉坐在窗口迎风的一面，疾风把他的头发卷得乱如蒿草。无数灰屑敷在他铁棠色的脸上，犹如漫天抛撒的芝麻。若不是为了这一箱蘑菇，玻璃窗原不必开得这样大。我几次歉意地说同他换换，他一摆手说，草原上的风比这还大。

终于，北京到了。我拎起蘑菇箱子同车友们告别，对大家说，我代表自己和妈妈谢谢你们！

大家说，你快回家去看妈妈吧。

由于路上蒸发了水分，白蘑菇比以前轻了许多。我走得很快，就要出站台的时候，青海汉子追上我，说，有一件很要紧的事，忘了同你交代——白蘑菇炖鸡最鲜。

妈妈喝着鸡汤说，青海的白蘑菇味道真好！

你是否需要预知今生的苦难？

那天晚上，比尔请客。

比尔是外交部的官员，负责接待安排我们在纽约的活动。比尔衣着朴素，脸上永远是温和厚道的笑容。当我们从纽约火车站出来的时候，看到的就是这种笑容，他帮我们推着沉重的行囊，在人群中穿行；当他护送我们到哈林区的贫民学校访问的时候，脸上也是这样的笑容；当我要离开纽约，担心一大堆资料无法带走的时候，又是比尔温暖的笑容帮我解决了难题，他答应为我将资料海运回中国。我要给比尔运费，比尔显出很不好意思的神情。我给了他20美元之后，他说什么也不肯再要了。

比尔请我们在一个中餐馆用饭，比尔说这是纽约最好的中餐馆之一。

我对让一个出访在外的游客，请他吃故国饭食这事儿，一直持不同意见。比如一个日本人到中国访问，才从东京飞出来两个小时，到北京落地之后，被人请到一家日本料理，吃一顿风味走了样的日本饭，他的感觉必不会太好。同理，我在国外出访，最怕的就是吃那种改良后的中餐。无论色香味都发生了变异，还不如吃根本就与我们不是同宗同族的西餐，因为有了准备，舌头和肚肠的宽容度反倒大些。中餐就吓人了，上来一个鱼香肉丝，当你做好了将尝到熟悉的川味的准备时，一个冷不防，居然袭来奶油的甜香，所受的惊吓足以让你怀疑自己的神经。

比尔在中餐桌上是有发言权的，因为比尔的妻子是一位香港女性。这的确是我在美国吃的最好的中餐之一。席间，聊到一个有趣的话题：人是否需要预先知道今生的苦难？

同桌的一位朋友说，他认为如果有可能，他愿意预知一生的苦难。理由是，凡事预则立，不预则废。知道了，有什么坏处呢？没有。并不会因为你的预知，就让你的灾难变得更多或者减少，那么，你多知道一点，就对自己的人生多了一份把握，该是好事。

闷头吃饭的比尔，突然大叫了一声：NO！

这是我唯一的一次，在比尔的脸上看到的不是笑容，而是愤怒和凄楚。

当然，比尔的愤怒不是针对那位朋友，比尔放下了筷子，对我们说：

很多年前，我和我的妻子在香港抽签请人算命。那人是一个和尚，他看了我妻子的签说，你会早死。看了我的签说，你会老死。

你们知道早死和老死的区别吗？自从听了那和尚的话，我的妻子就对我说，比尔，我会比你先死。因为我是早早死去，而你是老死，你要活很大的年纪。我说，你不要相信这话，那个人是胡说。我会和你白头偕老，如果有个人一定要先死去，那就是我，因为你比我年轻。但是前不久，我的妻子生了喉癌。那是因为她年幼的时候，家中很穷困，没有菜，就吃咸鱼。咸鱼很小，有很多刺，鱼刺刺伤了她的喉咙。久而久之，就生成了癌症。妻子走了，留下我，等着我的“老死”。

比尔说得非常伤感。朋友们缄默了许久，寄托对比尔妻子的深切悼念。我听出了比尔话后面的话。很多年来，关于“早死”和“老死”的谶语，就盘旋在他们的头顶。他们本能地畏惧这朵乌云，乌云尖利的牙齿，咬破了他们最快乐的时光。每当幸福莅临的时刻，惴惴不安也如约袭来。因为他们太珍惜幸福，就越发迅疾地想到了那不祥的预言。如果他们不知道那命运的安排，如果当年没有那老和尚的多此一举，比尔和他妻子的美好时光，也许会更纯粹更光明。

我不知道我想的是否符合实际，我也不敢向比尔求证。我把此事写在这里，是想再次问自己也问他人，我们是否需要预知今生的苦难？

大多数人是取席间那位朋友的观点，还是像比尔一样说NO？

我站在比尔一边。不单是从技术层面上讲，我们无法预知今生的苦难，我们也无法预知今生的幸福。就是有人愿意告诉我，把我一生的苦难，用了不同的簿子，将它们分门别类地列出，苦难用黑墨水，幸福用红墨水，一一书写量化；或者是轻声细语地娓娓道来，苦难用叹息，幸福用轻轻的笑声，想来，我也会在这种簿子面前闭上眼睛，在这种命运的告诫面前，堵起自己的耳朵。生命是我自己的东西，甚至可以说是我仅有的东西，我不希望别人来说三道四。我注重的是过程，在这个过程中，我感到自己的价值。我们可以预知的只是自己应对苦难和幸福的态度。此时此地，这是我们能掌握的唯一。知道了又怎样？不知道又怎样？生命正是因为种种的不知道和种种的可能性，才变得绚烂多姿和魅力无穷。你依然要生活下去，依然要向前走。变化是无法预料的，世界充满了不可捉摸的可能，能够把握的只是我们自己。

那一天比尔离去的时候，带走我沉甸甸的资料。比尔一手拎着资料，一手提着他不离身的书包。他的书包在纽约的大街上显得奇特而突兀。那是一个简单的布包，上面用汉字写着：天府茗茶。

在纽约看到比尔的所有时刻，他都拎着这个布包，突然想问问比尔，这是否是他妻子很喜欢的一件东西?

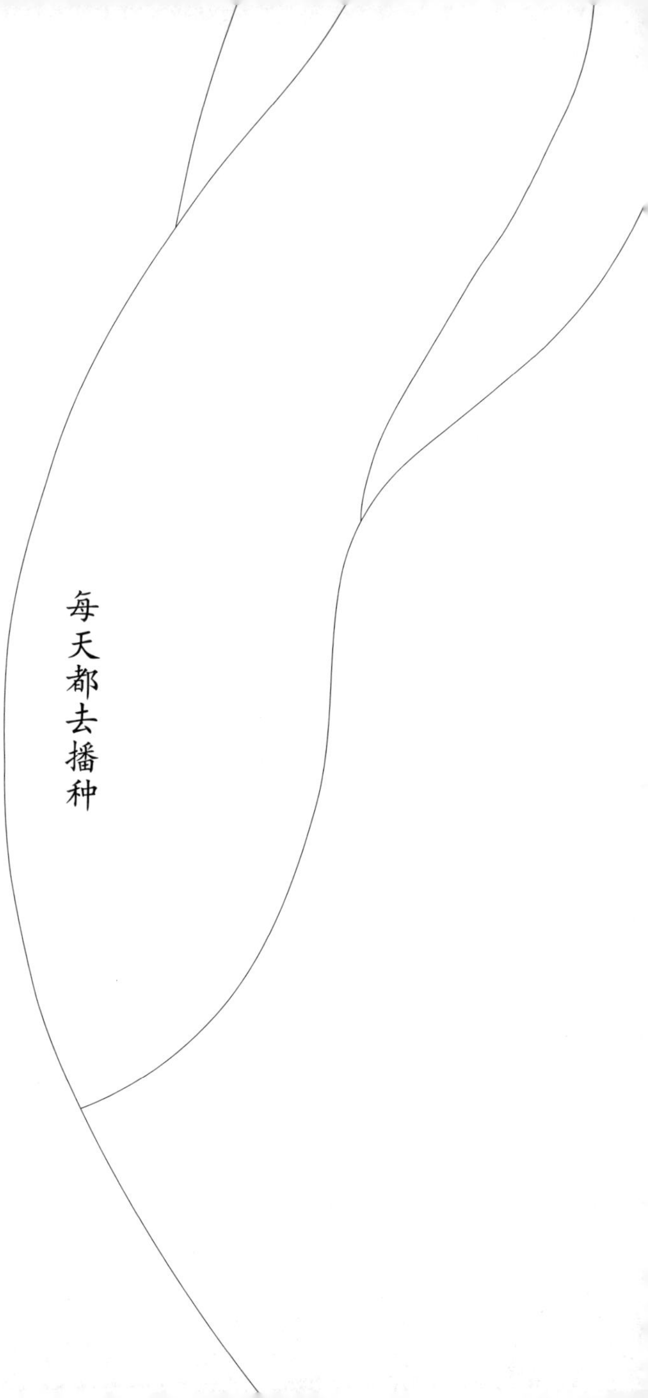
每天都去播种

朋友，当我看你的信的时候，是一个阴雨绵绵的早上。我仿佛听到你在远处悠长的叹息。我认识很多这样的女人，青春已永远驶离她们的驿站，只把白帆悬挂在她们的肩头。在辛劳了一辈子之后，突然发现整个世界已不再需要自己。她们堕入空前的大失落，甚至怀疑自己生存的意义。

女人，你究竟为谁生活？

当我们幼小的时候，我们是为父母而活着的。我们亲昵的呼唤，我们乖巧的举动，我们帮母亲刷锅洗碗，我们优异的成绩给父亲带来欣喜……女孩以为这就是生存的意义。

当我们年轻的时候，我们是为工作和知识而活着。我们读书，我们学习，我们在自己的岗位上努力地工作着，我们得各式各样的奖状……女人以为这就是生存的意义。

当我们和人类的另一半结合在一个屋檐下的时候，我们以为太阳会在每一个早上升起，风暴会被幸福隔绝在遥远的天际。我们以丈夫的事业为自己的事业，无私地贡献出自己的一切。遵循美德，妻子以为这就是生存的意义。

当我们有了自己的孩子以后，我们视孩子胜过自己的生命。在母亲和孩子的冲突中，女人是永远的弱者。在干渴中，只要有一口水，母亲一定会把它喂给孩子；在风寒中，只要有一件衣，母亲一定会把它披在孩子的身上……母亲以为孩子就是自己生存的意义。

终于，丈夫先我们而去，孩子已展翅飞翔，岗位上已有了更年轻的脸庞，整个世界已把我们遗忘。

这个时候，不管你有没有勇气问自己，你都必须重新回答：为谁而生存？

丈夫、孩子、事业……这些沉甸甸的谷穗里，都有女人的汗水，但它们毕竟不是女人自身。女人是属于自己的，暮年的女人，像秋天的一株白杨，抖去纷繁的绿叶，露出树干上智慧的眼睛，独自探索生命的意义。

生命对于每个人，都是上苍只有一次的馈赠。女人要格外珍惜生存的机遇，因为我们的一生更多艰难。我们是为了自己而生活着，不是为其他的任何人。尽管我们曾经如此亲密，尽管我们说过不分离，但生命是单独的个体，无论怎样血肉交融，我们必须独自面临世界的风雨。

女人要学会播种，即使是在一个没有收获的季节。

女人太习惯以谷穗衡量是否丰收，殊不知有时播种就是一切。开心的钥匙不是挂在山崖上，就在我们伸手可及的地方。

只要你感到是为自己而生活，世界也许就会在眼中变一个样子。写文章，为什么一定要发表？自己对自己倾诉，会使心灵平和；练书法，为什么一定要展览？凝神屏气地书写，就是与天地古今的交融；教学生，为什么一定要到学校？做善事，为什么一定要别人知晓？

他人的评判固然重要，但最重要的是我们对自己的评判，这是任何人也无法剥夺的权利。只要女人自己不嘲笑自己，只要女人不自认为自己不重要，谁又能让你低下高贵的头？

生命是朴素的，它让女人领略了旖旎的风光之后，回归到原始的平静。在这种对生命本质的探讨中，女人更深刻地认识到了自身的价值。

在生命所有的季节播种，喜悦存在于劳动的过程中。

我羡慕你

我是从哪一天开始老的？不知道。就像从夏到秋，人们只觉得天气一天一天凉了，却说不出秋天究竟是哪一天来到的。生命的“立秋”是从哪一个生日开始的？不知道。青年的年龄上限不断提高，我有时觉得那都是上了年纪的人玩出的花样，为掩饰自己的衰老，便总说别人年轻。

不管怎么样，我觉得自己老了。当别人问我年龄的时候，总是支支吾吾地反问一句：“您看我有多大了？”佯装的镇定当中，希望别人说出的数字要较我实际年龄稍小一些。倘人家说得过小了，又暗暗怀疑那人是否在成心奚落。我开始越来越多地照镜子。小说中常说年轻的姑娘们最爱照镜子，其实那是不正确的。年轻人不必照镜子，世人仰慕他们的目光就是镜子。真正开始细细端详自己容貌的是青春将逝的人们。

于是我把所有的精力放在孩子身上。记得一个秋天的早晨，刚下夜班的我，强打精神，带着儿子去公园。儿子在铺满卵石的小路上走着。他踩着甬路旁镶着的花砖，一蹦一跳地向前跑，将我越甩越远。

“走中间的平路！”我大声地对他呼喊。“不！妈妈！我喜欢……”他头也不回地答道。

我蓦地站住了。这句话是那样熟悉，曾几何时，我也这样对自己的妈妈说过，我喜欢在不平坦的路上行走。这一切过去得多么快呀！从哪一天开始，我行动的步伐开始减慢，我越来越多地抱怨起路的不平了呢？

这是衰老确凿无疑的证据。岁月的长河不可逆转，我不会再年轻了。

“孩子，我羡慕你！”我吓了一跳。这是一个实实在在的声音，从我身后传来，她说得很缓慢，好像我的大脑变成一块电视屏幕，任何人都能读出上面的字迹。

我转过身，身后是一位老年妇女，周围再没有其他人。这么说，是她羡慕我？我仔细打量着她，头发花白，衣着普通。但她有一种气质，虽说身材瘦小，却有一种令人仰视的感觉。我疑虑地看着她，我不知道自己有什么值得人羡慕的地方—— 一个工厂里刚下夜班满脸疲惫之色的女人。

“是的，我羡慕你的年纪——你们的年纪。”她用手指轻轻点了点，将远处我儿子越来越小的身影也括了进去。“我愿意用我所获得过的一切，来换你现在的年纪。”

我至今不知道她是谁，不知道她曾经获得过的那一切，都是些什么，但我感谢她，让我看到了自己拥有的财富。我们常常过多地把眼睛注视着别人，而自己则在不知不觉中失落着最宝贵的东西。人的生命是一根链条，永远有比你年轻的孩子和比你年迈的老人。我们每个人都有自己的位置，它是一宗谁也掠夺不去的财宝。不要计较何时年轻，何时年老，只要我们生存一天，青春的财富就闪闪发光。能够遮蔽它的光芒的暗夜只有一种，那就是你自以为的已经衰老。

年轻的朋友们，不要去羡慕别人，要记住人们在羡慕我们！

妈妈的饺子

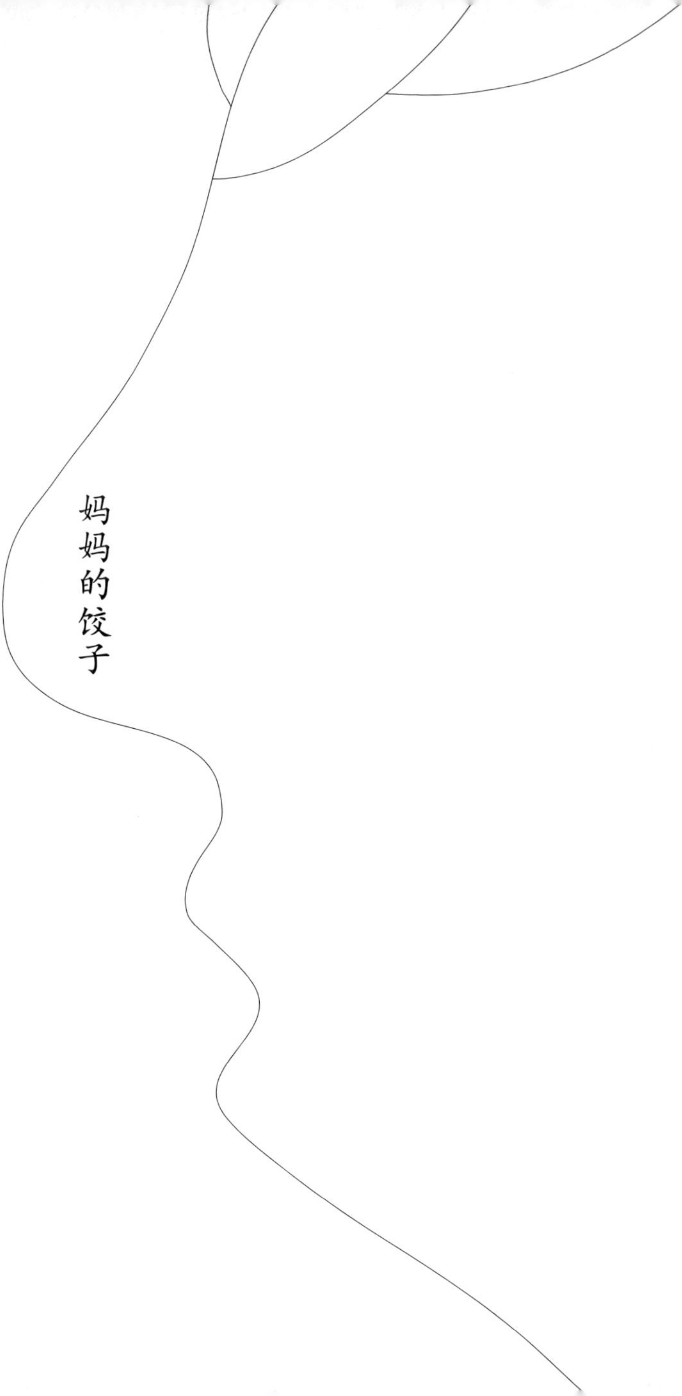

好受不如倒着，好吃不如饺子。

一句俗话。前半句我以为是极正确的，后半截则“英雄”所见不同。世上比饺子好吃的东西多了去了，但父母是正宗的山东人，有一种对饺子的崇拜。如果是长久地吃不上饺子，哪怕是天天山珍海味，也是够可怜的。

包饺子太麻烦。不是所有的菜都可以做馅，只有那些辛辣芳香的才好入选，例如韭菜、茴香。这种菜多叶嫩须长，需要“择”。“择”是很费时间的。掐去黄叶，裁掉老根……单调枯燥的过程把人的耐力磨得菲薄，未及开始，就已厌倦。当然也有不需“择”的菜，比如扁豆，但要先烫后剁；比如西葫芦，要擦丝拧水……

如今有了绞肉机，肉馅的细碎已不用愁（涮刷刀刃和料桶，也挺伤脑筋），就不去说它了。

然后是和面。因是偶尔为之，软了硬了就没个谱。好在硬了加水，软了加面，补救起来并不难。直到那面的轮廓较之预想的面积要大出几圈，这道工序才告结束。然后给它蒙上一块湿布，等着它“醒”，好像它是一只冬眠的熊。

该往肉馅里打水了。要顺时针方向搅缠，偷工减料可不行。直到手腕像坠了铅镯子，才算勉强合格。

终于可以包了。

揪面剂子可是个技术活。妈妈总说不能用刀切，有铁锈气。我想不通，平日吃的菜和面条不都要沾铁吗？为什么彼粗放而此细腻？也许由此衬托出饺子的高贵？

分工，丈夫管前期备料，我承包后期工程。他揪面剂子的手艺不灵，波动频繁。你说剂子小了，他就扔下来两个大的；你说大了大了，他马上又撕两个极小的……不知是谦虚还是成心捣蛋。在我们的不断反馈调整中，饺子们三世同堂。

丈夫擀皮的技艺也不敢恭维，最大的缺陷是不圆。按剂子的左手拇指过于执着，使面皮的某一局部受力过重。面皮在他递给你的时候，似乎完美无缺。包时稍一抻拽，就像成熟的石榴一般裂开，只不过露出的是绿色内容物。

怎么办呢？再擀一张大面叶子，把破了的饺子像个婴儿似的包裹起来。亡羊补牢，犹未晚矣。只是这种双簧饺子没人爱吃，又不容易熟。

我就打补丁，在饺子的破处再粘上一小块面。当时看着还算妥帖，煮时依旧脱落。不是原装的，一遇到考验，就现出间隙。

我包饺子的技术，尚属过得去。一次在史铁生家吃饭，合伙包饺子，属我的技术最娴熟，但也许是那次去的作家都是南方人。

每逢包到临近收尾，心情就渐渐紧张，怕馅多了面少了之类供需失调的矛盾。馅多了需重新和面，面多了就拉成几根面条，胡乱丢进最后的开水。

好不容易一个个包得了饺子，又需一锅锅煮。饥肠响如鼓，谁煮谁就最后吃。这乃是家庭生活中考验人的时刻，一般由我领衔主演。

煮饺子是有讲究的。开盖煮皮捂盖煮馅……每次口中念念有词，好像一道符咒。

往锅里点上个三四回水，饺子就可以捞在盘里了。再把忙中偷闲剥好的蒜瓣、调好的醋汁一并摆上桌，才算大功告成。

饺子不能煮得太轻，菜叶直直地站在饺子皮里，吃下去会拉肚子的；也不可煮得太过，烂成菜泥，就是婴儿食品了。

还有许多的小讲究，比如“挤”的饺子比包的饺子好吃。“挤”是用两手的拇指和食指合力一卡，使皮和馅的排列发生结构性的重组，浑然一体，吃时整体感很好。

这是山东人的专利，非得高手才行，一般人不在行。

吃饺子多么烦琐！它是家庭餐饮业中的豪举，是主妇功课里的长篇小说。非得有大精力大准备才敢操练，两个人还得同舟共济，鼎力齐心。

于是便不再吃饺子。当然过春节时不在此例，再忙也要图个吉利。

饺子是一种时间的奢侈品。

有一天，孩子对我说："妈！咱们今年还没吃过韭菜馅的饺子呢！"

我说："没吃过也吃不成了。你没听说过，六月韭，驴不瞅？"

儿子说："可我们不是驴啊！驴不瞅，管它呢。我们吃就是了。"

我说："那是句比喻。天热日照长，韭菜的纤维粗糙，辣得熏鼻子，实在是吃不得了。明年再吃，好吗？"

"还是今年吃吧，改别的馅的好了。"他矢志不移。

我瞧瞧摊了一桌子的稿纸，说："咱们吃速冻饺子吧。"

他说："我想吃真正的饺子。"

我想对他说，速冻饺子绝对是真正的饺子，只不过是机器包出来的，还是货真价实的。忍了忍，终于把话咽下去了。

我对他说：“告诉你一个能吃上饺子的办法。星期天到你奶奶家玩去的时候，奶奶要问你想吃什么，你也别忸怩，就直说想吃饺子，奶奶就会让姑姑给你包的。注意，要说就早点说，别磨蹭到下午才张嘴，闹得人家措手不及。”

儿子脆生生地回答：“记住啦！”

我的妈妈在石家庄。有一天石家庄来人，说你妈托我带给你一样东西。

我解开塑料袋，掏出一个盒子，揭开盒盖……

满满一饭盒饺子！

老人家半夜起来和面剁馅，忙了半天。煮好后又用凉开水涮过，确保不粘了，这才装盒。从石家庄带到北京，600里地呢！来人说。

片刻间，我的泪水像海潮似的涨出眼眶。当着外人，不好意思落泪，强笑着说，我妈也真是的，又不是旧社会，几百里路给我捎饺子，以为我饥寒交迫呢！

那人紧盯着我说，快咬一个尝尝！你妈一会儿怕咸了，一会儿怕淡了，念叨不停。

我赶快吃了一个饺子，可什么滋味都没尝出来。喉咙口很热，像有一块火红的炭卡在那里，其他感觉都抵不过那热。

“不咸，也不淡，正好。”我说。

你妈说你好可怜，连顿饺子也吃不上。那人说。

那时我父亲已经去世了，只剩下妈妈一个人。我们在遥远的地方，无以尽孝道，妈妈还这样关怀着早已成年的女儿。在凄清的早晨，一个人披衣起身，孤零零地擀皮孤零零地包……一次只能擀几张皮，多了一个人包不过来，就皴了。妈妈是极讲究饺子质量的，这许多饺子她一定包了很久很久……也许她会先拿个小锅，煮几个尝尝……她总说我的口味比她重，一定是自己觉得咸淡适中了，又加上一把盐……过后想想，又怕咸了，心中不安……

我过两天就回石家庄，我跟你妈说，你特喜欢吃她包的饺子。来人很周到地对我说。

“别！可千万别！”我慌得急不择言，“你就跟我妈说，说饺子从石家庄带到这儿，路太远，都馊了，没法吃了。”

不能吧？那人狐疑地俯下身，闻了闻。说，除了香味，没别的味呀！

我说："求求你，就这么说，不然我妈以后还会带饺子来。"

他停了好一会儿，说："就依你吧。"

那盒饺子个个囫囵滚圆，是典型的"挤"饺子。

养心的妙药

我知道有这样一个姑娘，在“非典”中被派到了一线。她原本是个护士，负责打针送药，习惯了洁净和有条不紊的工作。但这一次，她的使命是当护工。也就是说，她要暂时告别医疗事务，承担起照料病人吃喝拉撒的杂活，当然还要负责打扫病房卫生。当人们以为她会哭的时候，她笑着走进了SARS病房。

在那里，除了所有我们能想象到的繁忙劳累辛苦和危险之外，还有一宗连我这个当过20年医生的人都没有料到的活计——那就是——“搅”。

“搅”是什么意思呢？就是手执长柄刷具，把消毒液和病人的排泄物均匀地混合在一起——搅拌。这家医院已经很多年没有大规模地接收传染病人了，如今病人如潮水般地涌来，只得将一栋孤立的楼房临时改建成SARS专科，病室内没有卫生间，应急措施就是找来一些红色塑料桶，内衬黑色垃圾袋，病人大便小便均在此解决。每隔几小时，就由护工将袋子拎到公共卫生间统一处理。

统一处理最重要的步骤就是消毒。你可以想见，如果未经严格消毒的SARS病人的排泄物直接进入城市的下水系统，将会造成怎样恐怖的污染。香港淘大花园的惨痛教训就是例子，由于粪便作祟，造成了大面积的传染病流行。根据科学家研究，SARS病毒在人的尿液中可以存活十天以上。

说到这里，你就可以明白我们这位名叫“绒儿”的原护士现护工干的是什么活儿了——那就是把大约100名SARS病人的大便小便和呕吐物，从病房逐一收拾出来，然后把100个黑色塑料袋子一一打开，把配好的消毒液倒进袋子里，接着均匀地搅拌它们，如同一台优质高效的搅拌机，直到排泄物和消毒液天衣无缝地融在一起。

我问过绒儿，你闻得见臭吗？

她说，戴着那么厚的口罩，我想是闻不到的。但是，我能看到臭味。

我很惊奇，味道怎么能看到？

绒儿说，SARS病人高烧有火，吃得又很少，大便秘结，干燥成团块，要细心地把所有的硬块都搅碎，搅得像小米一样匀，才能被消毒液彻底浸泡，以绝后患。搅的时候，你能看到粪便破碎时所有丝丝缕缕的过程，黄褐色的絮状物腾起，像一枚枚小型原子弹爆炸的蘑菇云……

绒儿这样说的时候，很平静，可我的胃已经开始翻江倒海，然后又收缩成了一块石头。后来当我把这故事讲给一位记者听的时候，他说，毕淑敏你饶了我吧，你还让我以后吃不吃蘑菇了？细节太折磨人了，激起我生理和心理上的反感，咱们还是不谈这个话题吧。

然而绒儿不能逃避。她不断地搅着拌着，对待每一个黑色的袋子，都像对待一件工艺品，小心翼翼尽职尽责。

我问，有人检查你的工作吗？比如说你搅拌得是否到位？颗粒是不是大小一致？有人会把混合均匀的粪便拿去检查，看有没有活的SARS病毒？

绒儿摇摇头说，从没有人检查我。

我说，其实你可以把它们胡乱混合在一起，不必管匀不匀的事，谁也不会知道。

绒儿说，可是我从来就没想过这是可以敷衍和偷奸耍滑的事啊！绒儿日复一日地在SARS病房里忙碌着，直到有一天护士长看到绒儿弯着腰蹲在走廊里。护士长问绒儿，你怎么啦？绒儿说，我有点儿累，蹲下歇一会儿。护士长很心疼绒儿，叫她休息。绒儿说，我马上就缓过来了，您不必挂心。

绒儿休息了一会儿，可没有缓过来，绒儿开始发高烧，然后是咳嗽和憋气，最后被确诊为SARS。绒儿住进了病房，病势很快转重。绒儿开始吸氧，最后用上了呼吸机。

绒儿同我讲到这一切的时候，很平静。我百思不得其解的是，绒儿如何在患病的一个多月的时间里，成功地瞒过了自己的父母，把那无时无刻不在思念自己独生女的老两口瞒得风雨不透。

这很简单啊，因为我到了一线，就不让回家了，所以即使在患病以前，我也已经一个多月没见到他们了。得病后，我什么也不说。反正是每天一个电话，我按时聊几句，他们就不会怀疑。在病得最重的那些日子里，憋得喘不过气来，我就在预定打电话的时间之前，拼命地吸氧拼命地咳嗽，把痰尽量吐净，储存一点儿氧气，待气喘得比较均匀了，就马上摘下呼吸机给老爸老妈挂电话，基本保证在两分钟时间内语气流畅，让他们听不出实情。但是，不能多说话，词儿说多了，气就不够了。所以一分钟之后，我赶紧说，爸妈……今天……就到这里吧……我忙着呢……拜拜……

我后来问过绒儿的母亲，说您在那么长的时间内，就一点儿也不怀疑？就一点儿没听出破绽来？

绒儿的妈妈是个下岗女工，说，不怕你笑话我粗心，还真就没听出来。主要是根本想不到她会骗人，也奇怪这孩子为什么电话越来越短，以前叽叽喳喳说个没完，后来却变得跟发电报似的。除了她打给我们电话，给她打电话，从来不接……

绒儿说，我哪能接啊，当时正戴着呼吸机呢！

绒儿出院后，要做的第一件事，是上街买衣服。因为得了SARS，治疗主要靠激素，身材苗条的绒儿一下子胖了20斤，以前窈窕时的美丽衣服都穿不成了，只得给自己买了一条没腰身的筒裙。绒儿出院后做的第二件事，是趴在桌上写东西。妈妈走过来，绒儿就用胳膊把自己写的东西掩起来。

妈妈告诉我，绒儿回家的那天晚上，她几乎一夜没睡，隔几分钟就要走到绒儿的房间听听女儿的呼吸声。她要一再地确认女儿还活着，女儿已经真的回来了。最后一次走进女儿的房间，在黎明的曙光里，她看到了绒儿写的东西。那是一张请战书，绒儿说，她的病已经好了，血液里有了抗体，她再也不会感染了，更应该回到第一线去。

听到这些，我真的非常感动。我知道绒儿不是党员，也不是团员，只是一名极普通的护士。绒儿说自己从小学习不好，高中没考上。绒儿说她从来没有当过班干部，连个学习小组长都没捞上过，纯粹的“白丁”一个……可是，绒儿却在危难和困苦这两把铁锤的猛烈击打之下，焕发出可歌可泣的光彩。

这是为什么？是什么滋养了她？引导了她？我想不出来。我把这个问号抛给绒儿，让她给我一个回答。是什么力量让她能从容地走过灾难，用自己稚弱的臂膀帮助他人和死神一搏？

绒儿粲然一笑说，这太简单了，因为我喜欢这个工作啊！做护士是我心甘情愿的选择，中考的时候，九个志愿，我全都填报的是护士专业。当我终于如愿以偿穿上洁白的护士服，戴上护士的燕帽，捧着和当年南丁格尔用过的烛火一样的红蜡时，我心中无比幸福。我看过一个资料，说全世界的人当中，能最终从事自己所喜爱的工作的人，不超过3%。我知道自己是这3%的幸运者当中的一员，我非常骄傲。我的职业是花园，从中长出了数不清的快乐和干劲。

我看着绒儿，谢谢她给我的这一番精彩回答。一个人在她或他年轻的时候，就如此坚定地选择了自己所热爱的职业，对这个职业倾注了无数的欣喜和勇气，那么，做出令人瞠目结舌的创举也就顺理成章了。

我以前只知道职业可以糊口，可以骄人，这个20岁的绒儿，让我知道了职业也可以使人崇高，使人焕发灼目的光芒。

选一个你喜欢的职业吧，那是一片花园，不单是创造的所在，也是养心怡情的妙药。

『非典』附送的风铃

那天刚要进医院的大门，冲过来一位被无纺纤维布隔离衣包裹的人，掏出一柄酷似枪械的体温扫描仪，在我的双眉中心划圈晃动。确信我不烧之后，把“枪”放下，放我进入了半隔离区。

医院走廊，一位男子正对着日光灯端详X光胸片。清晰透明的肺叶消失了，代之僵冷的垩白，半张肺好像被石灰水刷过。问过才知片子的主人已没了体温，那男子喃喃道，真没想到，真没……

“没想到”的是什么呢？是亲人没想到那片子的主人逝去，还是片子的主人根本没想到自己会死？得了“非典”是要死人的，这是一个常识。这个常识被冻凝在一个特定的名称里，叫作非典致死率。据统计，广东是36%，北京是55%，香港是10%，加拿大还要高些。一系列的数字组成下滑的幽冷阶梯，吓坏了至今还手足温暖的我们。

假如“非典”致死率是零，将会怎样？我就这个问题做了小小的调查，朋友们都说，哈！如果死不了人，那当然云开雾散，再无什么可怕了。隔离观察，简直如同休了半个月带薪长假。发烧或许是减肥的好方法。一个女孩居然说，只要不死，“非典”就是过节，权当到医院公费旅游，顺便斩获若干堆巧克力外加鲜花……

我们恐惧“非典”，核心原来是死亡。“非典”之所以可怕，不在那些鸡零狗碎的发烧咳嗽，不在那些孤独难耐的隔离卧床，而是不可逆转的永远的消失。摘去了致死率这枚毒牙，“非典”立变温柔，狰狞之相大有收敛。

很多人从没有想过死，特别是年轻人。他们以为死亡专属于老年人和癌症病患，顶多再加上交通事故的冤魂。“非典”这个传染病连锁店派来的美容师，给死亡戴了黑发涂了腮红，让死亡生机勃勃地年轻化了，老少咸宜。

不长眼睛的“非典”蛰伏在空气里，不知道什么时候会撞翻你我的脚后跟。

什么人最怕死呢？我以为一个真正生活着的人是不怕死的。因为他已把生命这匹白棉布一寸寸很仔细地丈量过了，剪裁过了。他明白自己是谁，确知自己想干什么，清楚自己的爱好和憎恶。他用生命去做了自己喜欢的事情，如同一个老谋深算的园丁，每一粒花种都精心播撒出去了。他注入社会花坛和人生草坪的心血，就是他兴趣和快乐之所在。虽然由于死亡的突然叩门，等不到柳绿花红的那一天，但他已在想象中耸动鼻翼，闻到了蓓蕾的芬芳。

我以为醉生梦死的人大多也不很怕死，因为他们不曾真正地活过，他们甚至不配怕死。年轮早已枯萎，活着和死亡无甚区别。喘气时是一群行尸走肉，闭了眼是一垛酒囊饭袋。没有真正优雅内容的零质量生存，乘以再长的活命年限，所得也是一个空零。

最怕死的多半是在纷扰中忙碌的人，他们埋头于琐细的杂事，忘了张望远处的目标。他们以为还有很长时间可容挥霍，不成想那捆扎剩余日子的黑绳已游蛇般缩过来了。当死亡将你陀螺似的奔波化为青烟一缕，害怕就直接转为了缥缈的叹息。这种人若想不怕死，就需爬山，就需攀塔，就需登楼，到高处去极目搜寻，眺望你生存的终极意义。

最怕死的人多半还有很多未完结的事务。孩子还没有长大，期望尚未达成，宏愿不曾落实，你欠谁的钱谁欠你的钱……凡此种种，死亡都随意在上面盖个“过时不候”的章子，让它们半路蒸发了。于是你人生断裂，成了一宗半成品。虎头蛇尾的一辈子多遗憾啊，应对之策就是不妨把人生缩写为一个整天。古话说，今日事今日毕。该致谢的人要送上感激，该反抗的事要拍案而起。喜欢看的书就马上打开扉页，喜欢亲近的人就绞尽脑汁向他表达。孩子不能在一天长大，就教他存个爱心以不变应万变。宏愿不能在一天落实，就分解成有机的部件逐一组合。事情做完对我们是如此重要，半途而废会滋生人生无常的恐惧。人生是大的完成，活在此时此刻就是N次小完成。完成感是生命圆满的重要黏结剂，是心理平衡的强大支点。

“非典”是一张不期而至的海报，把一个必然的问题用恐吓的形式张贴出来。1981年的流感，据说融合了猪身上的病毒，骁勇异常，但终究也未曾将人类杀绝。关于致死率的惊惧，是“非典”附送的午夜风铃。即使“非典”远去了，那铃声还会余声袅袅。

无形容颜

除了蒙面匪，我们向人时都有一副容颜，或姣或陋，此乃上天与父母合谋的奉送。它像一件不是自主选定的商品，无处退换，不论满意与否，都得义无反顾地佩戴下去，还需忍受它的褪色与破旧，直至与身俱灭。虽说整形与美容术，可使某些乏善可陈的相貌得到部分修理订正，但从根本上讲，我们的脸，都是造化随机奉送的礼物，绝非不喜欢就可轻易扒下，再换一张新品的卡通画片。

然而事情又有些怪异，按说千人千面，绝不雷同，但每逢分手之后，我追忆熟悉的朋友或新结识的诸色人等，他们的脸往往如淋了雨的泥娃娃，五官模糊成团。心屏上浮起的只是一汪暗影，好像柏油路上水渍洇开的油迹，朦胧浮动，难以界定。淡去的眉眼缩略简化成某种符号——亲切或是寒冷的感觉，温馨或是漠然的情致，和谐或是嘈杂的音调。或许干脆涌出一片颜色：柔润的夕阳红，华贵的荸荠紫，神秘的宇航灰或污浊的狗尾巴黄。更多的时候，一提到某个名字，与之相关的那张具体的脸，仿佛突然被巨型消字灵涂掉，代之一股情绪的云雾，或愉悦或厌倦，弥漫心头。

早先以为自己有残，脑里专管录像的那一部分遭了虫蛀，成了破包袱皮，再也包裹不住有关相貌的记忆。后来年事渐长，与人交流，才知天下有这等恍惚毛病的人颇不少。方明白人的脸，乃是一个变数。

眼光直接注视的时候，对方的眉目自然是清晰的。可惜心灵的感光，基本上是一次成像不保存底片，加上懒散，有形的面容一旦撤离视野，记忆就清理屏幕，大而化之地分门别类，一一归档。人的有形容貌，无法恒久烙下记忆，卷宗收留的只是提炼过的印象。

世上资产，分为有形和无形。无形资产的定义，我以为是指超出物质的实际价值，由于你卓越的努力，在人们心目中形成的信任——简言之，它是你的名字进入他人耳鼓时，呼唤起的一种美好感情。

摈除其中的商业因素，对于人的容颜来说，或可借用这个概念——脸后有脸。

上天赋予我们的端正或歪斜的眉眼，粗糙或光滑的皮肤，颀长或愚笨的身材，完整或残缺的四肢……均是我们有形的容颜。每个人后天创造发展的性格品行能力，属于你的无形容颜。

无形脸有正负之分。一个人只有美丽的外表，却没有相应的内在质量，初次结识时秀丽外形所留下的愉悦印象，犹如沙上之塔，很快便会被残酷的现实潮水冲刷得千疮百孔。无形容颜的毁灭，像一场精神天花，人际关系一旦被传染，犹如多米诺骨牌訇然倒塌。从此提起你的时候，人们会遗憾甚或恼怒地说，那个人啊，金玉其外，败絮其中。

无形脸不会衰老。只要我们浇灌慧根，磨砺意志，拓展胸臆，它便会从幼年开始，如同花树一般渐渐生长，直至轮廓分明，明眸皓齿，青丝不老，慈眉善目……岁月流逝，沧海桑田，但在欢喜你亲近你的眼光中，你所留下的形象始终如一，引起的感觉永恒温暖。比如远行的双亲，纵是白发苍苍，在儿女们心中，依旧盛年音容，丰采卓然。

我们习惯以思为笔，在心灵之纸上勾勒众人容貌。它和古时衙门的“画影图形”不同，与真实的形象已无关联，只对真实的情感负责。无形容貌是想象和判断的产物，摒弃工笔，重在写意。它缥缈着，却比分毫不差的实照，具有更持久更猛烈的魅力。

无形脸可以美丽也可以丑陋，能怒火中烧也能垂头丧气，会神采奕奕也会惨淡无光。无形容颜的营造，也像一门古老的手艺，师傅领进门，修行在个人。如果你背信弃义，无形脸的画布上，就留下贼眉鼠眼的一笔；如果你阿谀奉承，画布上就面色萎黄；如果你恃强凌弱，画布上就口眼歪斜；如果你居心叵测，画布上就血盆大口；如果你聪慧机警，画布上就眉清目秀伶牙俐齿；如果你襟怀坦荡，画布上就有浩然正气流注天庭。

我们对有形的容颜可以心平气和，随遇而安；对无形的容颜却要惨淡经营，精益求精。有形的容颜可以有瑕疵而不堕青云之志，无形的容颜不能肮脏受伤而无动于衷。

有形的脸可存不完美，无形的脸必得常修炼。

珍惜每个人的无形脸，它是品德签发的通行证。凭着优雅忠诚的无形容颜，我们可以在萍水相逢的一瞬，遭遇千金难买的信任，转危为安。我们可以在旋转的大千世界，找到志同道合的朋友，共赴天涯。

最单纯的生活必需品

迪士尼版的《森林王子》，描写一个人类婴孩，偶入大森林，被野狼阿力一家收养，在大熊巴鲁、黑豹巴希拉等动物的呵护与培养下，成为友善、勇敢、智慧、快乐的少年。描绘了一幅人与动物在大自然的怀抱中，和谐相处的图画。

片中各种动物的造型和举止，颇符合物种个性的特征，险而不惊。特别是蟒蛇与巴克利的斗智斗勇，美妙的搏斗场面，既让人想起蛇那油光水滑阴险狡诈的秉性，被它的盘旋晕得眼花缭乱，又让人在紧张中怡情，充满了机警的悬念。大熊巴鲁为了拯救巴克利，与森林王老虎谢利展开了殊死搏斗，以致昏倒在地。黑豹巴希拉误以为它已阵亡，心情激动地致了一段感人肺腑的悼词。大熊巴鲁慢慢苏醒后躺在地上，一动不动地倾听着，在庄严肃穆中，引出人们啼笑皆非的泪水。

巴鲁复苏之后，开始教导人类的孩子巴克利，如何在大自然中生活。那只载歌载舞的憨厚大熊，反复吟唱着一句话——“让我们，得到，最单纯的生活必需品……”

真是令人拍案叫绝的真理——最单纯的生活必需品——由一只熊告诉我们。

人想活着，就必然有一些必不可少的物件陪伴左右。几年前，我见到一个乡下孩子和一个城里孩子在做游戏。一张卡片，正面写着问题，背面写着答案。双方看着问题回答，对与不对，以卡片为准。那题目是——生命存活的三大基本要素是什么？

城里孩子说，这还不简单吗？就是脂肪、蛋白质和碳水化合物呗！

乡下孩子说，啥叫脂肪？不就是猪大油吗？人没有猪油那些荤腥吃，能活。蛋白质是啥？不就是鸡蛋吗？人吃不上鸡蛋也可以活的。碳水化合物是啥东西，俺不知道。俺只知道人要活着，最要紧的是要有水、火柴和粮食！

那张硬硬的精美卡片后面的答案，判定城市孩子的回答正确。但说心里话，我更认为乡下孩子的答案率真和智慧。

纵观人类的历史，我们的生活必需品的名录，就像银行信用卡恶意透支的黑名单，是越来越长了。一千年前，假如我们外出，真如那个乡下孩子所讲，只需带上水和干粮，再携一把火镰，就可走遍天下。现在呢，要有旅游鞋休闲装，盆碗帐篷净水器，驱蚊油防晒霜，卫星电视电话机……

这应该算是进步吧？只是大自然不堪重负了。养育一个现代人的物资，足够当初养活一百个一千个原始人的。

大熊的箴言里，还有一个含义——单纯。单纯是一种很真实很透明的东西，我们已经在进化中将它忽略和玷污。比如水吧，人体的细胞所需要的，是纯净的自然之水，而绝不是啤酒、可口可乐和掺了色素的某种浑浊液体。人们先是把水弄得很复杂，然后再把脏水过滤。当人饮着这种再生的清水时，沾沾自喜，以为是文明和进步，其实比古代人的饮水质量，还差着档次。

再如空气，人的肺所需要的，是凛冽的清新的山谷森林之风，而绝不是被汽车吞吐了千百次的工业废气。人们聚集在城市里，在空气中混淆进数不清的杂质，然后摇摇头说，这样的地方，太不利于健康了。于是就开着汽车，满世界找有青山绿水的地方，心安理得地住下来，把新的污染带给那里。

人们本来应该简洁明确地表白自己的内心，这样会避免多少误会，节约多少人生，增进多少了解，加快多少速度啊！但是，不！人们变得虚伪客套声东击西云山雾罩，并尊称这些技术技巧为礼仪和外交，让世界变得遮遮盖盖诡谲莫测。于是无数人在这面无法超越的黑斗篷前终生猜谜，并以此形成许多新的职业和窥探的癖好。

也许我们可以对自己精神和物质生活中所需物品的庞大分子分母，来一个约分。本着单纯和必需的原则，把太繁多的精简，把太复杂的摒弃。必需的东西越少，我们的脚步就越轻捷。佛家有一句话，叫“无挂碍物者无恐怖”，不妨借用来，少需要物者少烦恼。因为必需少，所以受限轻，人就获得了更快的行走，更高的飞翔。

单纯这件事，说起来简单，做起来不容易。因为世界上有许许多多的杂质，无时无刻不在腐蚀着单纯。人们往往以为单纯只存在于童真，如果你在晚年还保有单纯，如果不是太傻，就是天赐的一种好运气，保佑你未曾遭遇污浊侵袭，所以依旧清澈。其实，最有力量的单纯，是历练过复杂之后的九九归一。以不变应万变，自身有过滤化解和中和澄清的功能。任你血雨腥风，我自静若处子。心永远清清的，呼吸永远是轻轻的……

爱最怕什么？

写过一篇《爱怕什么》，朋友又要我写一篇《爱最怕什么》，好像原本同时撒种育了一畦小白菜，突然接到命令，要从中挖出最大的一棵，不由得犯了踌躇。赶紧把自己的文字重温了一遍。（说来惭愧，以前怎么写的，已记不周全。）

若已在那篇短文中说过了爱最怕什么，现在要做的事就是咬紧牙关坚持初衷，不可出尔反尔。可惜，没有。在那厢，我掰着手指头列举了若干项爱所害怕的事物，遗憾，始终没有说过一个“最”字。

只有现撰了。

我想，爱最怕的是不真诚。当然，我们首先要肯定，这个爱是真的，不是假的，也不是半真半假的。这是一个大前提。没有这个大前提，一切将无从讨论。假的爱，不是爱，是情感的盘剥和诈骗。

与万事相比，爱是极需真诚的一件事情。不单是从道德从理论的角度来讲爱需要真诚，即使从单纯技术的角度来说，真诚的重要性也是首要的。

爱是全部身心的投入与契合，在这种人类无与伦比的亲密关系中，容不得丝毫的虚伪与欺骗。哪怕再高明的演员，也无法在如此近距离的耳鬓厮磨中，将真相掩盖得风雨如磐。一个眼神，一个手势，一声叹息，一个背影……都是上好的奸细，可以把爱与不爱的信息，通通出卖给对方。更不消说，沉溺爱河中的人，如同长了顺风耳通天眼，还有神鬼莫测的第六感为虎作伥……所以，爱是一场独特的双人考试，考场中不容作弊。你可以看对方的卷子，但自己的卷子要自己答。爱就是爱，不爱就是不爱。爱是最需要实话实说的，不爱了还强装爱，爱着却要强做不爱，都是人间的大辛苦大困难之事。难为了自己，伤害了对方，机关算尽，又很难达到目的。现代人，你何苦做这般赔本的勾当？

当爱不存在的时候，唯有真诚，是尊严和力量最后的栖息地。有人以为伪装的爱，是一剂情感的白药创可贴，虽说解决不了根本的问题，但尚可暂时止血止痛。殊不知，它是爱情的浓硫酸，不但彻底毁了爱的容，更是对他人凶狠的侵犯。

当真诚被动摇的时候，爱将无所附丽。培养爱情从练习真诚开始，保养爱情从维系真诚着手。真诚是爱的风向标，当一对相爱的人，不再坦诚相见直抒胸臆，爱的台风球就亮起来了。

人们常常以为爱中的人，格外脆弱，其实不然。无论真实坏到怎样凶险的程度，只要有清醒的脑和灵巧的手，我们就有办法。单单损失了爱，还不是最凄惨的事情。如果在失去爱的同时，你还失去了对世界和人心真实的把握，才是更悲苦的事情。盲人瞎马，夜深临渊，便成了情感和智慧的双料赤贫。

我不敢说有了真诚就一定有爱情，但我敢说，没有了真诚就一定丢掉了爱情。从这个意义上讲，爱惜真诚吧，它是我们爱的保单。

让死亡回归家庭

美国新奥尔良临终关怀医院的布朗女士，有着成熟的山西大枣样的肤色，眼睛也是大而棕色的，一种湿润的温和蕴藏在里面，让人一见之下，就感到可以依傍。

依傍感是一种奇怪的东西。男人给人的可依傍感，通常来自高大的体态和宽阔的肩膀。一个柔和的女性，在完全不具备强壮体魄时，也一举让人感到深刻的信赖，这是眼神的魅力。

她的眼神有一点神秘，一点哀伤，更多的是宁静和清凉。她告诉我，以前从事一份普通的职业，因为父亲去世，得到了临终关怀医院的照料，父亲走后，她就加入这个行列之中。

我到过国内的临终关怀医院，那里有很多密闭的小屋和淡蓝的窗纱。在新奥尔良，我以为也会看到这些，但是，没有。临终关怀医院完全是一所办公机构的模样，明亮的灯光，闪动的电脑，彩印的宣传资料……没有白色的大衣，没有药品的味道。

墙上挂着一幅巨大的新奥尔良城区全图，很多红色的圈点，使这张图有了某种战争的气息，好像到处潜藏着特殊的碉堡。

谈话从斑点开始。

我问，这是什么？

布朗女士说，那些明显的圆环，是有急救能力医院的位置。那些微小的点，是我们目前负责的临终关怀病人。

我问，医生呢？为什么看不到他们？

布朗女士说，医生都到病人那里去了。他们按照地图上面分布的区域，各自负责照料若干病人，一大早，8点30分，就去巡诊了。挨家挨户地转，要花费很多时间，所以，这个机构里，是很少看得到医生的。

我们是为生命晚期的病人服务的。评价病人疼痛程度的工作，就有五位医学博士专门负责，教会病人把疼痛的程度分为十分，确切地描述自己的疼痛，以取得适量的药物，达到基本上无痛。还有资深的护士，走访病人家庭，为病人提供止痛服务。有专业人员指导病人家属怎样给病人洗澡漱口，并有宗教人士提供帮助。除此以外，还有200多名义工，提供帮助病人到商店买东西、晒晒太阳或是理发等服务。

我问，什么人才能住进这个医院呢？

话一出口，我就意识到这个问题不准确，没有病人住在这里。

布朗女士说，我们的口号是让死亡回归家庭。衰老后的死亡是一件很正常的事情。人们并不觉得成熟的麦子变得枯黄，然后倒伏在地，是多么恐怖和不可思议的事情，那是大自然的必然。旧的麦秸不回归土地，就没有新的麦株的繁荣。在19世纪以前，人的死亡是司空见惯的事情。孩子们从很小的时候，就看见和体验到生命的消失，他们会认为那是很正常的事情，是世界一个必需和不可避免的环节。但是，20世纪以来，由于技术的进步和医学的发达，人们把死亡的地点，由传统的家庭转移到了陌生的医院。死亡被排除出视野，死亡被人为地隔绝了。一位老人，哪怕他从来没有进过医院，哪怕他再三表明自己要死在家里，却没有人理睬他。人们渐渐认为，只有死在医院里才是正常的，才算尽到了责任。如果谁死在了家里，舆论会认为他没有得到良好的照料。

现代化剥夺了人死在自己熟悉的安全的家里的权利。现在，是回归的时候了。让死亡回归家庭。让濒临死亡的人，享有最后的安宁与尊严。他们将在自己的家里、在亲人的包绕之下，平静地远行。我们奉行的观念是——不必抢救死亡。死亡是不应该进行抢救的。因为死亡并不是一种失败，既不是医生的失败，也不是病人的失败。让病人安详舒适地死去，正是医生神圣的责任所在。我们的座右铭是——“尊严地死去”，这包括他是怎样洁净地来到这个世界上，他也要怎样洁净地离开这个世界。我所说的洁净，并不仅仅指的是尘土和污垢，而是指在死者的身上，不要遗留有人工的化学的放射的等等强加给他的痕迹。常常有这种现象，医院里，人已经去世了，他的身上还插着很多条管子，输液的输氧的……还有放射和电击的痕迹，那是很不人道的。

我们的医生每周每人出诊28次，很辛苦。一个医生最多照顾七个病人。因为如果照看的病人太多了，医生的压力就太大了。当医生发出病人垂危的判断之后，我们的护士就会24小时守候在病人的身旁，为他提供必要的支持。当然，也对病人的家属提供有效的支援，陪伴他们一道渡过生命中的难关。

1978年，路易安那州首创了此种类型的临终关怀医院。除了止痛治疗之外，并不施行额外的延长病人生命机能等医学方面的治疗。现在新奥尔良共有15所这样的临终关怀医院，共帮助了25万死者在家中从容地离去。

我问，那么谁来决定一个人什么时候可以进入这个医院？

布朗女士说，那要由医生开证明，证明病人的生命已小于六个月时，才可以在我们这里登记入住，因为服务费用是由州政府的医疗保险计划支付的。

我问，那有没有医生的判断出了某种偏差，病人在半年以后依然生存的？

布朗女士说，有。那就要由医生重新做出评估，才可享受这种服务。

我们正谈着，一位名叫索菲的护士出诊回来了。她神采飞扬，精神抖擞，并没有丝毫我想象中的疲惫和倦怠。

索菲告诉我们，她从事这个工作已经三年多了。当医生发出病人的生命有可能在24小时内终止的诊断时，索菲就抵达病人家中，和他的亲人一道守候在他的身旁，一直陪伴到病人最后的呼吸消失。

我问索菲，你大约看守护理了多少位临终的病人？

索菲很认真地想了想，然后很抱歉地说，真的记不得了，大约，总有几百位了吧！

我便对面前的索菲肃然起敬，也有一点隐隐的畏惧。我看着她的手，心想，不得了，这双手送走过无数的人，也许具有一种非凡的魔力吧！临走的时候，我一定要好好地握握她的手。

我问索菲，你害怕吗？比如在漆黑的夜里，风雨交加时?

索菲说，不害怕。我以前就是一个护士。我喜欢帮助别人，我现在从事的这种工作，让我有最大的成就感。其实，人们害怕死亡，是很没道理的事情。死亡是一件积极和充满神秘的事情，它是我们每个人的最后归宿。对一个正常的事件害怕，这才是不正常的事呢。

我说，索菲，临终的病人通常会对你说什么话吗?

索菲陷入了思索，说，他们通常是不说什么话的。之前，他们会对我致以谢意。最后，有时会留下一些莫名其妙的话，我猜那是他们看到了一些只属于死亡的画面。比如，我刚送走了一位病人，他最后说的话是：来了一辆金马车……

我说，你近日还有在24小时内垂危的病人吗?

索菲说，有啊!

我说，如果方便，我能去看看他或她吗?

我并非有什么窥见死亡的嗜好，而是很想把更多更具体的所见所闻带回我的祖国。

索菲毫不犹豫地说，那不可能的。死亡是一件很隐私的事情，在没有得到垂危者和他家属的同意之前，我没有权利把陌生人带到他的身边。虽然他可能是完全昏迷了，什么也感受不到了，但仍要尊重他。

我点点头。这一点就让我学习到了很多。

布朗女士最后同我谈到了死亡之后，对死者家属的支持。

我们会在13个月内同死者的家属保持密切的联系。我们会通过各种信息，将最近有亲人亡故的人组织到一起，成立一个小组。把因同样的病症，比如都是因癌症而故去的人的亲属，组成小组，效果会更好。我们的社会工作者每隔三个月就同逝者家属有一次谈话，体察他们的哀思，提供尽可能的帮助。

13个月之后，就改成每年一次随访。

我忍不住问道，为什么是13个月，不是12个月或14个月呢?

布朗女士说，因为亲人逝去周年和其后的一些日子，对逝者家属来说，是非常伤感的时刻。在这个时候提供必要的援助，非常重要。那种情绪的波动和孤苦的感觉，在逝者周年时将达到顶峰。同样的季节，同样的景色，都会强烈地触景生情。这是一个充满危机的时间段，如果能有人陪伴着，会好很多。

我立刻想起父亲逝去的日子，正是深秋，那种刻骨铭心的冷啊！从此，漫长的岁月里，每一个秋天都比冬天更寒凉。那时，多么渴望有这样关切的眼神，对痛彻骨髓的哀伤轻轻抚摸。

布朗女士说，不知道中国是怎样照料临终人士的，如果有可能，我愿意到中国去，无偿地义务地帮助中国的临终者。

我向她表示最诚挚的谢意。

让死亡回归家庭的理念，让人激荡。

我们原来是死在家里的，后来，由于科学的昌明，我们把死亡搬到了医院里。于是，人类最后的温热眷恋，在雪白的抢救帷幕的包裹中，被轻易地剥夺了，遗留下另一种现代的残忍。

死亡再次回归家庭的时候，不是简单地复古和重复，而是对人类自身更多的珍爱和体恤。死亡回归家庭，是对逝者的福音，是对生者的挑战。它意味着需要更艰巨的工作，更庄严的承诺，更严谨的责任和更充沛的勇气。

告辞的时候，我紧紧地握了索菲女士的手。她的手很软，很小，根本没有想象中力拔山河的力度。但我确知，曾有无尽的温暖，从这双柔若无骨的手中，流向另一个世界。

谎言三叶草

人总是要说谎的。谁要是说自己不说谎，这就是一个彻头彻尾的谎言。

有的人一生都在说谎，他的存在就是一个谎言。世界是由真实的材料构成的，谎言像泡沫一样浮动在表面，时间使它消耗殆尽，就好像从来没有发生过似的。

有的人偶尔说谎，除了他自己，没有人知道这是一个谎言。谎言在某些时候只是说话人的善良愿望，只要不害人，说说也无妨。

对谎言刻骨铭心的印象，可以追溯很远。小的时候在幼儿园，每天游戏时有一个节目，就是小朋友说自己家里有什么玩具。一个说，我家有会说话的玩具青蛙。那时我们只见过上了弦会蹦的铁皮蛤蟆，小小的心眼儿一计算，大人们既然能造出会跑的动物，也能让它叫唤，就都信了。又一个小朋友说，我家有一个玩具火车，像一间房子那样长……我呆呆地看着那个男孩，前一天我才到他们家玩过，绝没有看到那么庞大的火车……我本来是可以拆穿这个谎言的，但是看到大家那么兴奋地注视着说谎者，我不由自主地说，我们家也有一列玩具火车，像操场那么长……

哇哇！那么长的火车！多好啊！小伙伴齐声赞叹。

那你明天把它带到幼儿园里让我们看看好了。那个男孩沉着地说。

好啊！好啊！大家欢呼雀跃。

我幼小身体里的血脉一下冷凝住了。天哪，我到哪里去找那么宏伟的玩具火车？也许世界上根本就没有造出来！

我看着那个男孩，从他小小的褐色眼珠里读出了期望。

他为什么会这么有兴趣？依我们小小的年纪，还完全不懂得落井下石……想啊想，我终于明白了！

我大声对他也对大家说，让他先把房子一样大的火车拿来给咱们看了，我就把家里操场一样长的火车带来。

危机就这样缓解了。第二天，我悄悄地观察着大家。我真怕大伙儿追问那个男孩，因为我知道他是拿不出来的。大家在嘲笑了他之后，就会问我要操场一般大的玩具火车了。我和那个男孩一样忐忑不安，彼此没说什么，只是一整天都是我们俩在一起玩。幸好那天很平静，没有一个小朋友提起过这件事。

我的小小的心提在喉咙口好久，我怕哪个记性好的小朋友突然想起来。但是日子一天天平安地过去了，大家都遗忘了，甚至在以后再说起玩具的时候，我吓得要死，也并没有人说火车的事。

真正把心放下来是从幼儿园毕业的那天。当我离开朝夕相处的老师和小朋友的时候，当然也有点恋恋不舍，但主要是像鸟一样地轻松了，我再也不用为那辆子虚乌有的火车操心了。

这是我有记忆以来最清晰的一次说谎，它给我心理上造成的沉重负担，简直是童年之最。在漫长的岁月里我无数次地反思，总结出几条教训。

一是撒谎其实不值得。图了一时之快活，遭了长期之苦难。占小便宜吃大亏。不到万不得已，不要说谎。

二是说谎很普遍。且不说那个男孩显然在说谎，就是其他的小朋友，也经常浸泡在谎言之中。证据就是他们并不追问我大火车的下落了。小孩的记性其实极好，他们不问，并不是忘了，而是觉得此事没指望了。也就是说，他们知道这是一个骗局。他们之所以能看清真相，是因为同病相怜。

三是说谎是一门学问，需要好好研究。主要是为了找出规律，知道什么时候可说谎，什么时候不可说谎，划一个严格的界限。附带的是要锻炼出一双能识别谎言的眼睛，在茫茫人海中谨防受骗。

修炼多年，对于说谎的原则，有了些许心得。

平素我是不说谎的，没有别的理由，只是因为怕累。人活在世上，真实的世界已经太多麻烦，再加上一个虚幻世界掺和在里面，岂不更乱了套？但在我的心灵深处，生长着一棵谎言三叶草。当它的每一片叶子都被我毫不犹豫地摘下来的时候，我就开始说谎了。

它的第一片叶子是善良。不要以为所有的谎言都有恶意，善良更容易把我们载到谎言的彼岸。我当过许多年的医生，当那些身患绝症的病人殷殷地拉了我的手，眼巴巴地问：大夫，你说我还能治好吗？我总是毫不踌躇地回答：能治好！我甚至不觉得这是一个谎言。它是我和病人心中共同的希望，在不远的微明处闪着光。当事情没有糟到一塌糊涂的时候，善良的谎言也是支撑我们前进的动力啊！

三叶草的第二片叶子是此谎言没有险恶的后果，更像是一个诙谐的玩笑或是温婉的借口。比如文学界的朋友聚会，是一般人眼中高雅的所在，但我多半是不感兴趣的。我对未知的事物充满了兴趣，很愿意同普通的工人农民或是哪一行当的专家们待在一处，听他们讲我不知道的故事。至于作家们汇在一起，要说些什么，我大概是有数的，不听也罢。但人家邀了你，是好意，断然拒绝，不但不礼貌，也是一种骄傲的表现，和我的本意相拂太远。这种时候，除了极好的老师和朋友的聚会，我兴高采烈地奔了去，一般都是找一个借口推托了。比如我说正在写东西，或是已经有了约会……总之让自己和别人都有台阶下。这算不算撒谎？好像要算的，但它结了一个甜甜的果子，维护了双方的面子，挺好的一件事。

第三片叶子是我为自己规定——谎言可以为维护自尊心而说。我们常常会做错事，错误并没有什么了不起，改过来就是了。但因了错误在众人面前伤了自尊心，就由外伤变成了内伤，不是一时半会儿治得好的。我并不是包庇自己的错误，我会在没有人的暗夜，深深检讨自己的缺憾。但我不愿在众目睽睽之下，把自己像次品一般展览。每个人对自尊的感受不同，但大多数人对这个问题都很敏感。想当年，一个聪敏的小男孩打碎了姨妈家的花瓶，没有承认，也是怕自己太丢面子了。既然革命导师都会有这种顾虑，我们自然也可原谅自己。为了自尊，我们可以说谎；同样是为了自尊，我们不可将谎言维持得太久。因为真正的自尊是建立在不断完善自己的地基之上的，谎言只不过是暂时的烟雾。它为我们争取来了时间，我们要在烟雾还没有消散的时候，把自己整旧如新。假如沉迷于自造的虚幻，烟雾消散之时，现实将更加窘迫。

随着年龄的增长，心田里的谎言三叶草渐渐凋零。我有的时候还会说谎，但频率减少了许多。究其原因，我想，谎言有时表达了一种愿望，折射出我们对事实朦胧的希望。生命的年轮一圈圈加厚，世界的本来面目就像琥珀中的甲虫，愈发纤毫毕现，需要我们更勇敢地凝视它。我已知觉人生的第一要素不是“善”，而是“真”。我已不惧怕残酷的真相，对过失可能的恶劣后果，有了兵来将挡水来土囤的勇气。甚至对于自尊，也韧性得多了。自尊，便是自己尊重自己。只要你自己不倒，别人可以把你按倒在地上，却不能阻止你满面尘灰遍体伤痕地站起来。

有的人总是说谎，那就不是谎言三叶草的问题，而简直是荒谬的茅草地了。对这种人，我并不因为自己也说过谎而谅解他们。偶尔一说和家常便饭地说，还是有原则区别的。

中国有句古话，叫作“人之将死，其言也善”。我觉得这个“善”字就是真实的意思。也就是说，人到临死的时候，就不说谎了。

但这个醒悟，似乎来得太晚了一点。

活着，而不说谎，当是人生的大境界。

路远不胜金

有一天，我先生对我说，以前结婚的时候，也没送过你什么礼物，现在我补送你一个金戒指吧？

我说，心意领了，但金器我是不要的。

先生笑了，说，你肯定是舍不得钱。其实买金很划算，戴在手上，是件装饰品，除了好看，本身的价值也还在。不喜欢这个样式了，还可以打成新的样子。你为什么不喜欢？

我说，我算的是另一笔账啊！

他很感兴趣，让我说个明白。

我说，我是一个劳动妇女，戴了金，干起活儿来就不方便了。俗话说，远路无轻载。

先生就笑了，说你以为我会给你买一个多么沉重的金镏子？想得美。我们只能买个金戒指，不过几克重。

我说，你听我说。我每天伏在桌前，不辨晨昏地写作。在电脑上敲出一个字，最少要击键两次。就算这个戒指五克重吧，手起手落，一个字就要多耗十克的重量。天长日久地下来，就不是一个小数目。假设我要写一部百万字的长篇小说，这小小的戒指就化作十吨的金坨，缀在手指的关节上，该是多么大的负担？要做的事情太多，路远不胜金。

先生说，要不我们买一条金项链，你写作的时候脖子总是不动的。

我说，我不喜欢项链的形状，它是锁链的一种。我崇尚简洁和自由，觉得美的极致就是自然。再说我多年之前就被X光判了颈椎增生，实在不忍再给沉重如铅的脖子增加负担。

先生叹了口气说，作为一个女人，你浑身上下没有一克金，真的不遗憾？

我说，我有许多遗憾的事情，比如文章写得不漂亮，做饭的手艺不精良，一坐车就头晕，永远也织不出一件合身的毛衣……但对金子这件事不遗憾。

先生说，你这是反潮流。

我说，不是反潮流，实在是无所谓。金是什么？不就是地球上一种不算太少也不算太多的金属吗？有了这种金属就象征你高贵，没有这种金属就注定卑贱吗？这颗星球上还有很多种稀有金属，比如铂，比如铑，比如能造原子弹的铀和镭……都比金昂贵得多。我们不可能把所有的金属都披挂在身，金属除了它在工业上的用途，并不代表更多的含义。如果你喜欢，你就佩戴好了，就像乡下的女孩在春天里，把一枝野花簪在发梢。如果你因了种种的缘故，没有一克金，那也没有什么可怯懦的，依然可以挺直腰杆，快快乐乐地生活。

作为一个女人，如果我们拥有天空和海洋，如果我们拥有知识和事业，如果我们拥有自信和尊严，如果我们拥有亲人对我和我对亲人的挚爱，我们的生命就很完满。

拥有已太多，无金又何妨！

午夜的声音

把朋友们的姓名写在一张纸上，呵，好长！细一检点，几乎全是女性。

交女友比交男友随意与安宁。男友跟你谈的多是国家、命运和历史，沉重而悠长。

于是，便累。

还有那条看不见的战线，总在心的角落时松时紧，好像在弹一首喑哑的歌。先是要提醒对方，后是要提醒自己：不要在懵懵懂懂之中误越了界限。总有那种临近模糊的时刻，于是便要在心中与他挥泪而别。

与女友相处，真是轻松得多，惬意得多。与女友聊天，像是在温暖清澈的水中游了一次泳，清爽润滑，百骸俱松。灵魂仿佛被丝绸擦拭一新，又可以闪闪发光地面对生活了。

可惜世界太大，女友们要聚到一起太不容易。你有空时她没空，她得闲时你无闲。还有先生的事孩子的事，像杂乱的水草缠住脚踝。大家相逢在一处，像九星连珠似的，时间要算计了又算计。

于是女人们发明了电话聊天。忧郁的时候，寂寞的时候，悲哀的时候，烦躁的时候……电话像七仙女下凡时的难香，点燃起来，七八个数码拨完，女友的声音就像施了魔法的精灵，飘然来到。

一位女友正在闹离婚，她在电话的那一方向我陈述，好像一只哀伤的蜜蜂。我静静地倾听，犹如一个专心的小学生，虽然时间对我来说极其宝贵，虽然我只听开头就猜出结尾，虽然夜已深沉，虽然心中焦虑，我依旧全神贯注地倾听，在她片刻的停顿间，穿插进亲昵的嗯或啊……我很希望自己能创造出杰出的话语，像神奇的止血粉，撒在朋友滴血的创口，那伤处便像马缨花的叶子一般静谧闭合……但我知道我不能。我能送给朋友的就是静静地倾听，所有的语言都苍白无力，沉默本身就是理解和友谊。

有时铃声会在夜半突然响起，潜入我的梦中。夫比我灵醒，总是他先抓起电话，然后对我说，你的那群狐朋狗友又来啦!

“你是毕淑敏吗？有件事情我想求你……”声音大得震耳欲聋，使我疑心她就在楼下的公用电话亭。

其实她在城市的另一隅，女大当婚，却至今单身。她总是像潜艇一样突然浮出海面，之后又长时间地不知踪影。然而我知道她在人群中潇洒地活着，当她需要朋友的时候，就会不择时机地叩响我的耳鼓。

有什么事你尽管说……我一边披衣一边用眼光搜索鞋子，好像准备去救火。

别那么紧张。她轻快地笑了，我只是想求你帮我写几个信封……她说着，详详细细清清晰晰交代给我一个男人的地址和姓名。

因为这样一件事，就值得把我从温暖的被窝里薅出来吗？我睡眼惺忪地问。

这就是我的那个他呀！我每天要给他写一封信，传达室的老头都认识我的字迹啦！我想换种笔体，这样他取信时就不会难为情啦！

噢，我的女友！我对着黑漆漆的玻璃窗做了一个鬼脸：为了她的男友，她可不怕叨扰自己的女友！

我也会在某个刹那下意识地抚摸电话键，好像扪及一串润滑的珍珠。你好！我对一位女友说。你好！她说，有什么事吗？她清凌凌地问，一点儿不惊讶，好像预知我在这个时刻会找她。没什么事，只是，想找人说说话……你们那里下雨了吗？我沉吟着，继续组织着自己语言的阶梯。下了，雨不小也不大。她平静地回答。我很想到雨里去行走，很喜欢在坏天气的时候，到湖里去划船……我突然很急切地对她说。唔，你此时心情不好。

她说，我们每个人都有这种时候，忍一忍就会过去。不要紧，做饭去吧，择菜去吧，看一本喜爱的书……要不然就真到风雨中去走走吧，不过，可要穿起风衣，撑起雨伞，最起码也需戴上斗笠……我的心在这柔柔的劝慰之下，终于像黄昏的鸽群，盘旋之后，悄然落下。

每一位女友，都是一帧清丽的画；每一次谈话，都是一盏温馨的茶。我们互相凝眸，我们互相温暖，岁月便在女人们的谈话中慢慢向前推进。

挖掘心灵第一图

一位睿智的老人说，在每个人心灵深处，都珍藏着一幅对这个世界最初的印象图。它储存在脑海的褶皱中，平时被繁杂的信息遮挡着，好像昏睡的幽灵，不理晨昏。但它是无所不在的，笼罩着我们，统领着每个人对世界的基本视点。好像一纸符咒，规定了我们探询世界的角度。

这话挺玄秘的，有点儿巫术的味道。我不服，挑战般地问，可以当场试试吗?

老人很谦和地一笑，说，一家之言。你可以信，也可以不信。

我说，我恰好知道一个人的心底图像，您若说中了，我就信。

老人淡然回答，行啊。

我说，这个人啊，脑海里留下的最朦胧也就是最原始的印象是—— 一片无边的荒漠，尘沙漫天，苍黄渺茫，但他周围的小环境不错，好像是一个温暖的怀抱，有袅袅的香气环绕……

说完，我定定地看着老人，且听他如何分解。

老人缓缓地说，他的精神世界对立而单纯，沉重而简明。对世界本质的认识充满疑惧，觉得人力无法胜天，宇宙不可知。人是孤独渺小的生物，基调混沌而迷茫，但他还会快乐而努力地活着，时时感受到温情和带着暖意的希望，寻找着一个光亮安静芬芳的所在……

说完后，老人问我，他是这样一个人吗?

我抑制住自己的大惊异，说，对与不对，以后我再告诉您。现在，我最想知道的，就是您这种分析的基本方法。能教我一些吗?

老人说，少许心得，不值多说。有点儿占卜的意味，但并不是街头的摆摊算卦。首先，你让被试者静静地躺下，拼命想早先的事。意识好比柳絮，能飞多远飞多远。回忆的触角竭力向脑仁深处钻，最后变得似睡非睡似醒非醒，一片混沌最好。让人由眼前的明明白白，泡入米汤样的童年。到了再也沉不下去的时候，他的心里就会猛地浮出一幅画。让他把这幅画讲给你听，然后……

老人一一道来，我全身心紧急动员，照单接收。老人说，喏，基本思路就这些。剩下的事，看你的悟性了。

我说，您可要传帮带啊。

其后的一段时间，我像个居心叵测的探子，不断启发诱导各色人等，把他们脑海中留下的生命原初印象，挖掘出来，一一告我，由我再转达给老人。老人娓娓道出其中蕴含的深意，好似隔山买牛。至于那人真实生活中的脾气品行，老人完全不感兴趣，也绝不想知道。在他的眼里，每个人的图谱，就是性格之书打开的目录，他不过是读出来而已。

开头不顺利。第一位男人所谈，简陋得像撕下的小人书碎片。

那幅图像嘛，好像是一个黑夜，不知是灯灭了，还是眼睛得了病，总之被黑暗包绕……完了，就这些。他干巴巴地舔舔嘴唇说。

他那时黑暗，我此时也黑暗，到处像泼了墨汁，如何分析？只好拼命启发他再想深入些。搜肠刮肚半晌，他补充如下：我摸着黑，仿佛找到一碗粥，就把它喝下去了。我妈妈走过来，眼泪洒在我脸上，很凉……喔，就这些，再也没有了。他坚决地结束了回忆。

真是老虎吃天啊！我沮丧地请教老人，老人说，唔，足够了。他是个悲观主义者，一生都在寻找。他对自己终极寻找的东西究竟是什么，本人也闹不清楚。在这寻找的途中，他会得到温暖和利益的回报，他会很珍视亲情。但这些并不能缓解他寻找的焦虑，冲淡他与生俱来的悲哀，稀释充满他周围的茫茫黑色。

我频频点头，最终也没有告诉老人，那是一位苦苦求索的哲学家的心底图像，反正老人并不需要他人的验证。

一个矮小的年轻人不好意思地说，我的第一幅图像，似乎没什么好说的，支离破碎，那是我和我弟弟在抢被窝。你知道，我小的时候，家里很穷，打通腿儿，就是两人合盖一个被筒。谁都想把自己盖得暖和些，就拼命把被子朝自己身上裹……就这样，整夜抢啊抢的。穷人家的被子，小，遮了这头捂不了那头。我比弟弟个儿大，占上风的时候多些。这就是全部了。

老人分析：这个年轻人竞争性很强，在他的眼里，弱肉强食是生存的基本状态。他信奉实力决定一切，因此他会不遗余力地为自己争夺尽可能多的物质利益和生存空间。但他一般不会害人，不会使用特别凶残的手段。在他的内心里，还残存着普天之下皆兄弟的道义。

实际情况：那年轻人个子不高，说苛刻点儿几乎要算其貌不扬了，加上家境贫寒，按照常理，该是比较自卑的。但他不，一点儿都不。整天意气风发精神抖擞的，上大学，考研究生，什么都不落空。每当竞争的时候，他总是毫不退却，奋勇向前。计谋算不上很光明正大，但手段也并不卑劣，懂得趋利避害，适可而止。也许是天助加上人和，他的运气一直不错。

一位依旧美丽的中年女企业家告诉我，世界在她眼里，是盘根错节的森林——热带雨林，遮天蔽日的。她在摸索着走，有时是爬，到处都有陷阱和叫不出名字的昆虫，很华丽也很狰狞……下着雨，很冷，有大毛虫发育成的极冷艳的蝴蝶在脖子后面盘旋……

我对这幅图像的真实性，抱有深刻的怀疑。她祖籍北方，从未踏到北回归线以南。再说一个幼小婴孩，想象得出热带雨林的具体模样吗？还有，毛虫和蝴蝶，这样复杂重叠的象征物，也是孩童鞭长莫及的。她的叙述，更像一场成人梦境，一个幻觉。但女企业家谈话时的郑重神态，使我无法贸然认定她在说谎。

老人听完我的转述与疑问，首先说，这是真实的。心灵的真实，不仅仅是亲眼所见，更多的时候，是一种浓缩升华后的感受。哪怕你说图像尽头，是一幅外星人联欢的图画，我也确信无疑。人的感受有一种特质——无比忠诚。由于种种的利害关系，它可以欺骗别人，但它为自己保留下的图谱，却不会是赝品。这位女性对世界的看法，是荒诞奇诡而又不乏夺人心魄的诱惑与美丽，她应该擅长打拼，奋斗出了很好的成就。她好强，勇于挑战，但在不断的挣扎寻觅中，又感到巨大的孤独与人世的险恶。她臆造了一片热带雨林……

我无话可说。老人就像与那女人相识了一百年，用电脑扫描了她的整个人生，留下一纸谶语。

随着积累人们心底第一幅图像数量的增多，我渐渐发觉探索源头的奥秘，对每个人是一次心灵的剖析和飞跃。知道了自己眺望世界的基本视角，便有了揭示自身很多特点的钥匙。我们也许不能改变它，却可以因此变得更加理智和从容。

老人有一天对我说，你第一次对我描述的那个人，就是在沙漠中睁开眼睛看世界的人，是谁啊？你还没有告诉我。

我说，那个人就是我。我母亲抱着我，行进在从新疆到北京天地一色的途中。

目标要趁早

有一对夫妇有两个孩子，一个叫莎拉，一个叫克里斯蒂。当孩子还小的时候，父母决定为他们养一只小狗。小狗抱回来以后，他们想请一位朋友帮忙训练这只小狗。他们搂着小狗来到朋友家，安然坐下。在第一次训练前，女驯狗师问："小狗的目标是什么？"夫妻俩面面相觑，很是意外，他们实在想不出狗还有什么另外的目标，嘟囔着说："一只小狗的目标？那当然就是当一只狗了。"女驯狗师极为严肃地摇了摇头说："每只小狗都得有一个目标。"

夫妇俩商量之后，为小狗确立了一个目标——白天和孩子们一道玩儿，夜里要能看家。后来，小狗被成功地训练成了孩子们的好朋友和家中财产的守护神。

这对夫妇就是美国的前任副总统阿尔·戈尔和他的妻子迪帕。他们牢牢地记住了这句话——做一只狗要有目标。推而广之，做一个人也要有目标。

在现实生活中，却有太多太多的人，没有目标。其实寻找目标并不是一件太难的事，关键是你要知道天下有这样一件唯此唯大的事，然后尽早来做。正是你自己需要一个目标，而不是你的父母、你的老师或是你的上级需要它。它的存在，和别人的关系，都没有和你的关系那样密切。也就是说，它将是你最亲爱的伙伴，其血肉相连的程度，绝对超过了你和你的父母、你和你的妻子儿女、你和你的同伴和领导的关系。你可能丧失了所有的财产和所有的亲人，但只要你的目标还在，你就还有一个完整的系统存在，你就并不孤独和无望。

我们常常把别人的期待当成了自己的目标，在孩童的时候，这几乎是顺理成章的事情。但是，你会渐渐地长大，无论别人的期望是怎样美好，它也不属于你。除非有一天，你成功地在自己的心底移植了这个期望，这个期望生根发芽，长成了你的目标。那时，尽管所有的枝叶都和原本的母本一脉相承，但其实它已面目全非，它的灵魂完完全全只属于你，它被你的血脉所滋养。

我们常常把世俗的流转当成自己的目标。这一阵子崇尚钱，你就把挣钱当成了自己的目标。殊不知钱只是手段而非目标，有了钱之后，事情远远没有结束。把钱当成目标，就是把叶子当成了根。目标是终极的代名词，它悬挂在人生的瀚海之中，你向它航行，却永远不会抵达。你的快乐就在这跋涉的过程中流淌，而并非把目标攫为己有。从这个意义上说，钱不具备终极目标的资格。过一阵子流行美丽，你就把制造美丽保存美丽当成了目标。殊不知美丽的标准有所不同，美丽是可以变化的，目标却是相当恒定的。美丽之后你还要做什么？美丽会褪色，目标却永远鲜艳。

有人把快乐和幸福当成了终极目标，这也值得推敲。快乐并不只是单纯的快感，类乎饮食和繁殖的本能。科学家们通过研究发现，最长远最持久的快乐，来自于你的自我价值的体现。而毫无疑问，自我价值从属于你的目标感，一个连目标都没有的人，何谈价值呢？

一棵树的目标也许是雕成大厦的栋梁，也许是撑一把绿伞送人阴凉，也许是化作无数张白纸传递知识，也许是制成一次性筷子让人大快朵颐……还有数不清的可能性，我们不是树，我们不可能穷尽也不可能明白树的心思。我们是人，我们可以为自己确立一个目标，这是做人的本分之一。

艾滋之椅

旧金山佩奇街273号——禅宗临终关怀中心，一座宁静的建筑物，在居民区内。门口没有任何标志，只有高高的台阶，甚至连普通公共场合均有的残疾人坡道和盲道，这里也没有。我和安妮迟疑了半天。我们不能确定要拜访的专门和死亡打交道的这个中心，是不是这里。想象中，该是一座独立的白色建筑，有葱茏的绿树和不败的鲜花。这里，没有。起码是在外面看不到任何迹象，一如平凡的民宅。

进了门，在没有见到任何人之前，就认定是这里了。是空气告诉我们的。空气中弥漫着奇异的香气，让人有微微的麻醉和眩晕之感，但心的悸动就在这种奇特的香氛当中，平缓到迟慢。

禅宗临终关怀中心的布莱德先生慢慢地走过来接待我们，他说话的语调也是慢慢的，举手投足也是慢慢的。慢，是这里不变的节奏。单是这一点，就已让人足够惊奇。在现今的社会里，你还能找到一间不是因为拖沓而是因为有意识而缓慢办公的公司吗？在商业的交往中，你还听得到一个如冷泉般天然的女孩的声音吗？越是发达的社会，那频率就越是不可思议地快，直到我们目不暇接整体昏眩了。

相反，在这个一切都缓慢的房间内，我的精神异乎寻常地警醒了。

布莱德先生告诉我们，这家机构完全是慈善性质的，建立于1987年。这里有10位工作人员，还有150名义工。这个中心是没有医生的，也不用任何药物，它的主要工作，就是帮助人们安详地死去。

布莱德先生慢慢地说，死亡是需要学习的。临死的时候，很多人不知所措。没有人教授这种知识，当死亡到来的时候，人们一无所知。我们就是要帮助大家，当然，也是在帮助自己。只有懂得生命意义的人，才有勇气探讨死亡。只有对死亡有了更深入的了解，人才可能更深刻地把握生命。死亡，其实就是一切事物的本质。

这些话，有些玄了，不过倒是和这弥漫着奇异香氛的雅室相配。房间高大，布置得很有宗教气息，有一种空旷感。我问，这是什么香？

布莱德先生说，这是从印度带来的藏香，能够安抚人的神经。

我问，什么人才能住进这间中心来？

布莱德先生说，谁都可以住进来，只要你提出申请。我们的工作人员会到申请者的家中去看望他们，和他的家人谈话，以最后确定他是否可以来，什么时候来。因为这里是不做任何治疗的，只是接受如何面对死亡的训练。如果病人还有救治的希望，就不会接受他们到这里来。

我听得从内心向外沁冷，说，死亡的训练是怎样的呢？我很想知道。

布莱德先生说，当给予适当的条件的时候，人们是很愿意讨论死亡的，特别是当死亡迫在眉睫的时候。刚来的人，大都是比较紧张的，对死亡不了解，不知道自己将怎样迈向死亡。我们让他接受冥想训练，其核心就是当生命的最后瞬间，只有你一个人，你将如何走向死亡。这真是一个很有效能的训练。当反复训练终于完成之后，病人就不再害怕死亡了。我们把最后的时刻简称为“在床边”，因为死神是在床边领走我们的。那种时候，往往是你一个人。当然，我们这里是24小时都有人值班的，但我们不能保证你“在床边”的时候，旁边一定会有人。所以，每个人都要练习独自一个人“在床边”，在那种时刻，保持最后的平静。

我说，经过训练，病人“在床边”的时候，都能保持平静吗？

布莱德先生说，大部分病人都能做到平静，特别是入院时间较长的病人，基本上都是平静的。如果入院的时间太短，病人可能还未能完全训练好，有的人也依然在惧怕中逝去。这和每个人的情况不同有关，有的病人有太多未了的心事，还未学会放下。死亡是一个过程，我们对它要有准备。其实，就是突如其来的死亡，比如飞机失事或是外伤等等，如果不可避免，平静是最好的应对……

正说到这里，一名女士悄悄地走进来，在布莱德先生耳边说了一句话，布莱德先生站起身来，说，不好意思，有一件急务，需要我出去一下，很对不起。请稍等。

我们等了一会儿，又等了一会儿，布莱德先生还是没有回来。一位长得很秀丽的女士走进来说，布莱德先生还要等一会儿才能回来，你们不妨先在各处参观一下。

我和安妮蹑手蹑脚地在中心内部缓慢走动着。悄悄推开一扇门，雪白的床单下，一个黑人男子，瘦到骇人的程度，用“骨瘦如柴”这样的形容词，对他都是夸奖，简直就是几根紫铜丝拧成的轮廓，无声无息。如果不是他那大如鸭蛋的眼睛上的睫毛有微微的颤动，看不出一点儿生命的迹象。

我们逃也似的离开了这间屋子。

这是一个艾滋病人。这两天，他就要“在床边”了。秀丽的女士说。

楼边有一个小小的花园，有一些绿色的植物，因为已是秋天，没有想象中的葱绿，几片黄叶悄然落下，也是缓缓的，仿佛电影中的慢镜头。有一把椅子，角度放得很巧妙，正好对着花园里最美丽的一角。我说，我可以坐在上面吗?

秀丽的女士说，当然可以。我们这里经常住进艾滋病人，当他们还没有丧失最后的活动能力的时候，他们很愿意坐在这张椅子上看看风景。

哦，原来这是一张艾滋之椅。

我坐在上面，椅子很舒适，风景也很好。我看着面前的树叶，心想，这几片叶子，也许曾给若干位艾滋病人带来过安抚和宁静。如今，它们还在秋阳下焕发着最后的绿色，但那些触抚过它们的视线，已然被土壤掩埋。泥土中的视线，一定也还残留着丝丝绿色吧?

我请安妮给我照了一张相，在这张椅子上。

照完之后，我对安妮说，我也给你照一张吧?

安妮说，毕老师，我不照。我的手脚现在都是冰凉的，一会儿从这家中心走出去，我要立即进一家咖啡店，用滚烫的水暖暖我的胸膛和大脑。

正说着，布莱德先生回来了。他说，很抱歉，但是，没有办法。南希去世了，就在刚才。我到了她的床边，她很平静。

我说，南希是谁?

布莱德先生说，南希是我们这里的一个病人，患乳腺癌，人很年轻，只有44岁。她在这里住了四周，刚住进来的时候，人非常紧张，非常恐惧。经过训练，她变得很平静了。刚才离世的时候，十分安详。

我们静默，脖颈处像卡着一块冰。想到就在我们方才漫步的时候，一个生命正向空中遁去，心中充满茫然，仿佛看见南希的灵魂正在这屋顶上，宁静地看着我们。

布莱德先生说，每当有病人去世，我们都会在他的床边，举行一个小小的告别仪式。现在，我马上就要到南希的床边去，我们只能就此结束了。

秀丽的女士说，她的亲人就是在这里去世的。她来到这里，是因为喜欢这里舒缓的气氛。亲人去世后，她就要求到这里来工作了。这里的特点就是宁静，在现代社会，找到这样一个宁静的地方是不容易的。这里的宁静，是很多的人用心血营造出来的。她最后说。

怎样一个人独立地走向死亡？所有走过的人，都不会告知我们有关的经验教训。“在床边”，是一个新鲜的课题。我觉得，人在容光焕发精力充沛的时候，不妨花点儿时间琢磨琢磨这件事，真到了垂垂老矣气息奄奄之时，考虑起来就太艰苦了。平常日子，脑子转的速度不必那样快，步子的频率不必那样高，声音的分贝不必那样强，睡眠的时间不必那样晚……

摄影能否记录死亡？

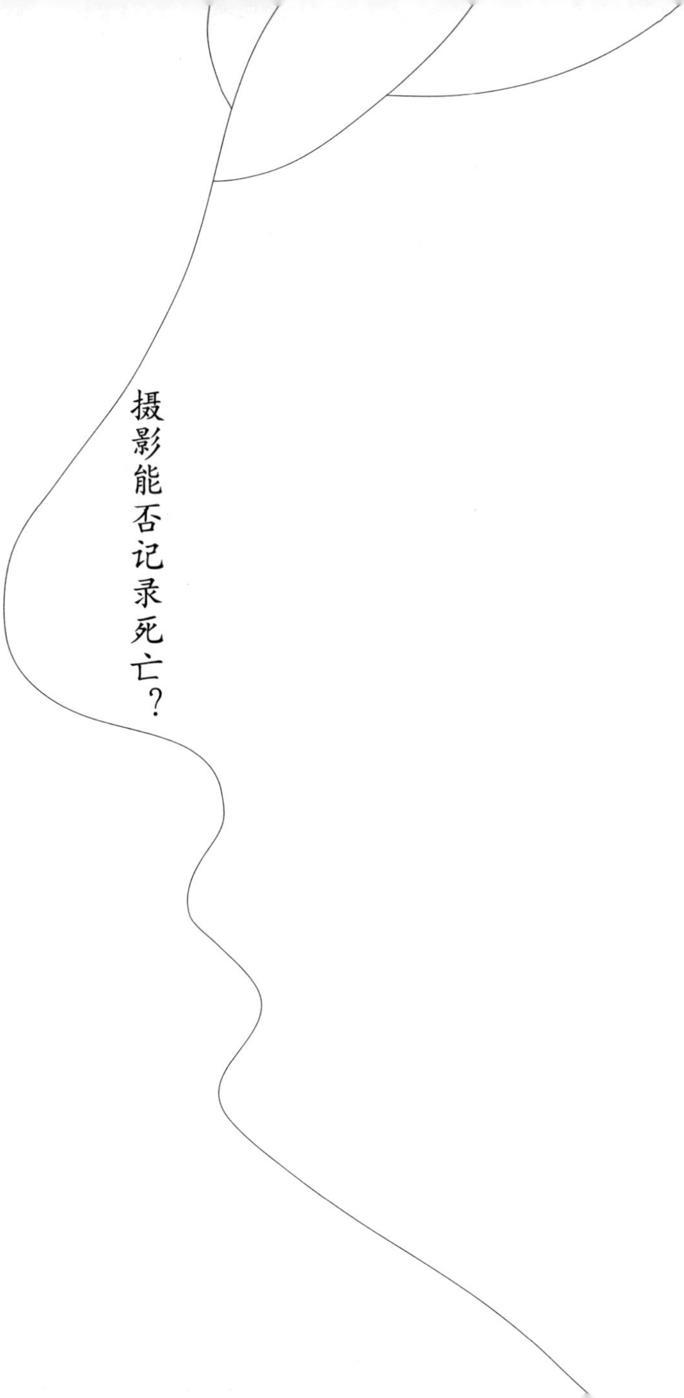

我对死亡感兴趣，原因小部分来自天性中的胆怯，大部分来自从事医学20多年的经历。行医时光，几乎天天碰撞死亡，它是令人震撼又不可回避的老友。

在传统或先锋的摄影里，死亡都被可疑地忽视了。不知摄影师们有意还是无意冷落死亡，仿佛那是个微不足道的家伙，可以漠视它的存在。人的一生犹如长河——出生、童年、成长、结婚、生育、事业……所有码头事无巨细——都被摄影机关照，唯有入海口的情形，那卷底片好像被锐物洞穿，遗下一个透明的窟窿。

有人会反驳，有那么多反映死亡的照片曝光于世啊，比如春节贴出的公告，印有携带烟花爆竹而炸裂的断肢残骸让人魂飞魄散；比如电视里播出的战乱、飓风、火山、水患和交通肇事图片，罹难人群的尸体，在黑色塑胶罩下朦胧起伏。这不都是摄影记录下的新鲜死亡吗？

我要说的不是这种死亡。那是暴死、惨死、屈死、恶死，是飞来横祸，是死于非命……是变了形的丑化了的涂满骇人油彩的非正常死亡，是葱绿大树上的一段枯萎枝杈。正常的死亡犹如宏大典籍，上述死法只算蠹虫残章。如果一叶障目，认定这就是死亡的全貌，实是以偏概全，暴殄天物。死亡如若有知，会对这种强加于它的定位，表示强烈的不安和抗议。

心目中的正常死亡，是水到渠成温柔淡定的熄灭，是生命自然而然的脱落与销声匿迹，是一种宽广宁静的平稳终结状态，是灵魂统领下的智慧超拔与勇气升华。

死亡是生命峰巅的凌空一跃，是个体最后的成长过程，是一个简明扼要的告别，是一曲袅袅余音的震荡。我们像芦苇，一直成长到消失。死亡是生命繁育的最后阶段。生和死的宏观可预见性和微观的难以测量性，说明了死与生相比，更猛烈、更强大与更神秘。死亡虽然经常和鲜血与不洁粘连在一起，它的实质却是神圣和朴素的。它响亮而明快地宣告，月亮下山了，黎明正在孕育。它是人类社会不倦的清道夫，新陈代谢不请自来的高超产婆。

死亡对于失去个体的亲人来说，自然悲恸欲绝，但摄影者站在整个人类的立场上，表现这一生命的主题，可以超越一己的樊篱。人们兴致勃勃地表现新生，表现婴儿稚嫩的肌肤和母亲宽慰的笑容，表现萌发的绿叶和解冻的冰河，为什么就不能更达观更美好地展示与这一切唇齿相依的死亡呢？

我们惧怕死亡。

那些必然要到来的事物，那些合理的事物，那些对全局有好处的事物，那些蕴含着真理的事物，不应成为惧怕的理由。

我们是踏着先人骨殖堆积的原野，到这个世界上来的。据说，在每一个活着的今人背后，都挺立着40具以上的白骨。它们是自有人类以来，在这颗星球上生存并逝去的祖先。设想他们都健在，大地将多么拥挤，食物将多么匮乏，风将多么滞重，水将多么黏稠……所有生物都被挤成剪纸。感谢死亡，它如筛网，过滤优选了生灵的种子，以生机盎然的新锐代替了蹒跚钝化的老迈。对这种除旧布新的壮举，即使不为之欢呼雀跃，起码也不应无限悲哀地渲染恐怖吧？进化犹如潮汐，不可抗拒地为后代冲刷出立足和发展的辽阔海滩。从这个角度讲，死亡是天经地义含情脉脉的圣手，为什么不能庄严优美地展示它的合理性呢？

惧怕或许有心理遗传的基因。在科学不发达的古代，死亡是凄惨的重创，与瘟疫、灾患、血与火缠绕在一起，狰狞可怖。靠拢死亡之人，常常会给生存者带来灾变。于是各个民族的习俗与禁忌，都躲避死亡。死亡与黑暗、丑陋、腐败形影不离，人一死，就成为异类，生前的种种善相都化为乌有，转瞬获得了可怕的魔法。

由于科技的进步和文明的发展，近几十年来人们越来越多地可以在平凡中享受正常死亡。死亡由于非正常死亡所强加在自己头顶的黑色面纱，正被一缕缕揭开，露出它庄重自在的真相。

也许单单无所畏惧，还不能准确地反映死亡，摄影师面临心灵的挑战。死，毕竟是一道铁幕，咫尺天涯，普通人难以穿越。我们周围，很难找到这样既司空见惯又讳莫如深的事件。我们既挚爱逝去的亲人，又痛彻心扉地抗拒对永诀的如实记录。既坚守在亲人身旁，又再也不愿回顾那一段岁月。死亡像一道盛大的晚餐，我们因无法事先品尝它的滋味而充满好奇，又本能地躲避烹制它的厨房，尽量推迟赴宴的时间。我们不懈地追求一生形象美好，又无师自通地恐惧身后丑陋无比……关于死亡，我们有那么多鱼龙混杂、针锋相对的想法，犹如黑白荆棘织就的毡毯，覆盖着战栗的灵魂。

只要不是死于烈性传染病、战伤和交通事故，以及昏迷，即使是癌症病人，大致也可清醒地告别人间，经过临终关怀走向安详的永恒。在现代医学卓有成效的帮助下，疼痛可以稀释，恐惧能够淡化。医院的洁白和家的安宁，尤其是亲人的温馨，应是环绕正常死亡的基本色调。

渴望能有博爱地反映死亡的摄影作品，基调是生命的必然和人间的宽广包容。希望有淳厚的爱意弥漫在漫长人生的隐没处，犹如晨间的炊烟和山峦起伏的雾霭，清澈缥缈，如梦如水。

拍摄的难度大概很大吧？我完全不懂技术，盲人说象。一想到能把死亡拍得优美，拍出融融的暖气，觉得神往又几乎以为是幻觉。摄影家聪慧卓越，大约总是有法子可想的。他们的手，既然能把枯萎的残荷、焦躁的沙漠、狰狞的古树、暴烈的野兽、古旧的村落、残破的废墟、淋漓的血汗、骇人的风暴……都点石成金，拍出饱满的诗意，对人生终得一晤的——死亡，也一定能拍出好的创新吧！

看过弘一法师涅槃的照片，摄于1942年10月14日。法师一手抚于耳畔，恍若安睡。布履木床，犹如卧佛。我们不是高僧，辞世时无法人人这般从容，但法师之死展示的清宁境界，却是一种我们可以追寻的完美终结。

想象中有这样一幅照片：一位须发皆白的长者，即将仙逝。他目光炯炯，正是阳气出离本体、驾鹤远行之机。他面容安详，因为已无愧无悔地度过坦荡一生。窗外月色凄迷，犹如一袭倚天长绢披挂寰宇，肃穆清凉。所有的医疗器械都已在背景中虚化，因为人的力量不可抗拒自然的法则。老人嘴角有隐约的笑意，去往天国的路并不生疏，有先行的伴侣度他飞升……

如此想看到关于正常死亡的优美摄影作品，不知是否是偏题？怪题？难题？祥和安宁的死亡，化腐朽为安宁，是对死者的殷殷远送，是对生者的款款慰藉，是对生命的大悲悯，是对造化的大敬重。

期望着！

太平门与非常口

在日本，无论多么小的一处公共场所，比如山野中的小店，郊外的咖啡馆，都会在极显著的位置标有“非常口”的字样，标牌上有一奔走着的绿色小人，步履匆匆。

什么叫“非常口”？我们问。日文同汉字常常字同义不同。

就是咱们那儿“太平门”的意思，指示人们发生灾难的时候，立即从这里逃脱。翻译解释。

高耸入云的大厦上，每层必有一扇窗户涂抹着红色三角，在阳光下触目惊心地闪烁着。问是何意，难住了翻译。他虽说来了20多次日本，未曾注意到这个红三角。后来问了日本人，才知道这是专为救火队员准备的标志，说明这扇窗户是特制的，烈焰熊熊之时，可以临窗一脚，踢碎玻璃，灭火救人。

夜晚行走于大街小巷，随处可见“大东京火灾”“长野火灾”“大阪火灾”……的霓虹灯，吓得人头皮一阵阵发麻。虽然经过解说，知道这都是日本保险公司的名称，但仍是心跳不停。

在东京最大的国立“东京江户博物馆”，专设有日本东京历次灾害展示，包括火灾、震灾、匪灾……的时间、地点、殃及人数、损失数目，一一列举分明，甚至运用电声光手段，以大屏幕电视显示出烈焰吞噬城市的场景，使人终生难忘。

日本随时处于防患防灾的警觉之中，好像一只引而不发目光炯炯的灵猫。

回想近年来我们一场场浩大的火灾，特别是克拉玛依那一朵朵夭折的鲜花，对比扶桑，感觉我们的灾难意识需要加强。

我们这个民族，习惯于吉祥与平安，对于灾难，多隐语与象征。比如失了火，偏偏不说那个“火”字，只说是“走了水”。细想起来，这词也有几分道理，水原是规规矩矩地待在那里，冷不丁荒诞地“走”了起来，必有一个可怕而险恶的大原因。

水能灭火，水走到哪里，哪里就灰飞烟灭，事情也就化险为夷了。这愿望自然很善良，殊不知，宝贵的时间就在这烦琐的概念转换过程中流逝，紧张的神经在延误和粉饰中麻痹。

中国人对灾难的“翻译”，表现出一种漫不经心的徐缓。日本人则要直截了当、咄咄逼人得多。我小的时候，就对礼堂里的“太平门”三字，百思不得其解。问了大人，说那是一扇平日里用不着的门，不用管它就是了。

从此我看太平门的目光，就是懒洋洋的。潜意识里，甚至觉得它是一个赘物。

日本人斩钉截铁地将它命名为“非常口”，表明它是非常时期的一个出口。试想哪一个人面对着“非常”二字，敢掉以丝毫的轻心呢？！

一个“太平”，一个“非常”，表现出两种不同的思维习惯。我们寄予的是最后的美好期望，日本人指出的是当前严峻的形势。现实比希望更加有力。

再如保险业。我们将它译为“保险”，给人一种冬日暖阳般的放松感和安全感。东洋人惊世骇俗地直接定名为“日本火灾”“日本生命”，令人凛然一震，顿刻绷紧了全身的神经。我们宣布的是危机结束后的善后安抚事宜，他们警告的是灾难爆发时的巨大伤害。对于预防、抵御灾难来说，毫无疑问，后一种状态比之前一种状态，要强大机敏得多。

也许这只是文字游戏，但回得国来，发现文字上也确实是有游戏的。日本任何一架电梯里，都在显要位置标明：当遇到地震、火灾等灾难时，切不要在电梯内避难，不要继续使用电梯！

这当然是极对的。灾难时，一应电器的使用都应禁止。克拉玛依大火，若不是因电动卷帘门失灵，原不会有那么多鲜花委地。但日本产的电梯到了中国，就无声无息地消失了这一行性命攸关的字样。

我不知是什么人用什么样的橡皮，擦掉了对于灾难的提醒和忠告。

中国历史上就是一个多灾多难的国家。我们在建设中，我们在发展中，我们更应该珍惜我们的家园，珍惜我们的生命。

直视灾难，也许是制服灾难最好的态度。

致被强暴的女人

在我的书案上，摆着一封女人的来信。当我撕开它的时候，心境像往日一般平和。在阅读的过程中，那些纸片像火焰一样抖动起来，炙痛了我的双眼。

这是一个52岁的女人，十年前她被一个男人强暴未遂，但心理留下了重创。这些年间，她以泪洗面，两次自杀，以致精神分裂。她的家庭也受到种种伤害，悲惨已极……

倾听这样一位凄苦姐妹的呼救，我仰天长叹，沉思良久。

对于那个肇事者，法律和纪律已经做出了应有的裁决。阅读了有关的文件，我以为它们是公正的。

我知道这个女人，还远远不是遭受此种凌辱的最甚者，更有许多悲愤的灵魂，在暗中哭泣，她们流出的不是眼泪，而是心头的鲜血。

作为女人，我们从小就有一种深深的恐惧，那就是被人强暴。这恐惧像空气一样追随着我们，直到女人们垂下苍白头颅的那一天。

假如被人强暴，女人啊，我们该如何面对厄运?

在中国古老的烈女集锦里，所有的女人在被人强暴后，都以自身寻死告终。被强暴就是失却了贞节，这奇耻大辱唯有女人以生命相抵，才可在人间留下一份清白。

斗转星移，今天的时代不同了。没有人要求被强暴的女人以一死而谢天下，但女人们在这自天而降的灾变之后，依然辗转于无尽的苦难之中。

对于腐败一定要严加鞭挞，对于罪犯一定要施以峻法。我对这种丑恶的性侵犯的男人，报以刻骨铭心的仇恨。

即使将其中的罪大恶极者凌迟，被强暴的女人依然是被强暴过，这是一个无法改写的事实。

女人们，我们该怎么办?

不要怨天尤人，不要自暴自弃。

不要在流言面前退缩，不要在众人面前低下高昂的头颅。

我们无罪，我们无辜。

不要像一盘旧磁带，总去回首那屈辱惨淡的一瞬。不要像痛失孩子的祥林嫂，逢人便悲切地复诵苦难。

不要靠旁人的叹息以安慰自己受伤的心灵，不要以暴烈的自戕来证实性格的刚正。

不要为这一朵阴云，从此暗淡了原属于我们的明媚的天空。不要为这一束荆棘，从此不再求索开满鲜花的草原。

强暴可以玷污我们的身体，强暴不可折服我们的意志。

强暴可以使我们一时万念俱灰，强暴却不能使一个坚强的女性自此一蹶不振。强暴是一场悲哀的天灾人祸，有经验的老农蹲在田埂上，哭泣一阵，歇息一阵，拍拍身上的泥土，擦擦手中的农具，向远处望上一眼，他们又继续耕耘了。

假如我们被强暴，在做完惩治凶犯的一切工作之后，拭干泪水，让我们重新开始。

丢掉有关那一刻所有的记忆，让我们像新生的婴儿一般坦荡。烧毁目睹我们灾难的旧衣服，让痛苦的往事一同化为飞烟。取清凉的山泉自头顶浇下，洗涤我们每一根如丝的长发。挑选一件更美丽的裙衫，穿上它快步行走在如织的人流中。

对生活中美好的事物，被强暴过的女人依旧可以发出真诚的微笑。

对生活中黑暗的角落，被强暴过的女人依旧可以发出强烈的谴责。

女人被强暴，是生命的记录上一处被他人涂抹的墨迹。轻轻擦去就是了，我们的生命依然晶莹如玉，洁白无瑕。强暴是发生于刹那间的地震，我们需要久久地修复。但女性生命的绿色，必将覆盖惨淡的废墟。

让我们振作起来，面对强暴以及所有人为的灾难。这世上没有任何一种力量，可以强暴女性不屈的精神。

生命的借记卡

我有一个西式钱包，钱包里有很多小格子，这些格子的用途是装载各式各样的卡。我没让它们闲着，装得满满当当。我有附近多家超市的亲情卡，虽然我每次购物之后都毕恭毕敬地出示该店的卡，但一年下来累计的分数，总也到不了可以领取优惠券的地步（因为我购物不够专一，总是在各个不同的店家游荡）。于是就在某一个商家规定的日子里被残忍地“归零”，一切又要重新开始。

我还有电话卡，到外地出差的时候，虽然接待方会很热情地说，房间的长途已经开通，您只管用，我还是为饭店附加在电话上的费用斤斤计较，出于为邀请方省些银两的考虑，自己到酒店大堂去打公用电话。每打一次，都有一种小小的成就感。我还有几家馆子的优惠卡，有一次拿出来结账，服务员小姐看了半天，说不认识这卡，从来没见客人使过。我说，你来这家店多久了呢？她说，一年了。我说，这卡是你们店开张的时候给的，说是永久有效呢。小姐就拿了卡去问元老，笑吟吟地回来说，你说的不错，只是连她们也没见过这种卡，一直找到老板才说确有这么回事。

啰唆了这半天，还没说到正题上。我的正题是什么呢？就是我虽然有多张看起来也是硬邦邦闪烁烁的卡，但其实那种可以透支可以境外使用的货真价实的银行卡，一张也没有。先生说过很多次了，说这是时尚，你在高档场所结账的时候，如果掏出一大把皱皱巴巴的现金，是要遭人耻笑的。我说，你也不是不知道，我平日最频繁的交易场所就是农贸市场，别说那里没有刷卡的设备，即便有了，买上一个西瓜刷一次卡，买三条黄瓜斤半草莓再刷两次卡，你觉得如何呢？

于是家人就嘲讽我近乎一个纯粹的农妇，不能在金融方面与时俱进。好在这羞惭近日得到了雪洗的机会。单位为了发放工资方便，为大家统一办理了银行借记卡。

我拿到借记卡，反复端详并仔细地阅读了有关条文，突然思绪就飞到了很远的地方。

喜欢这个“借”字。我们的一切都是借来的，总归有要还的那一天。《红楼梦》里的公子贾宝玉出生的时候，嘴里是衔了一块玉的。我们每个人出生的时候，并非两手空空，而是捏了一本生命的借记卡。

阳世通行的银行卡分有钻石卡、白金卡等等细则，生命的卡则一律平等，并不因了出身的高下和财富的多寡，就对持卡人厚此薄彼。

这张卡是风做的，是空气做的，透明、无形，却又无时无刻不在拂动着我们的羽毛。

在你的亲人还没有为你写下名字的时候，这张卡就已经毫不迟延地启动了业务。卡上存进了我们生命的总长度，它被分解成一分钟一分钟的时间，树木倾斜的阴影就是它轻轻的脚印了。

密码虽然在你的手里，但储藏在生命借记卡的这个数字，你虽是主人，却无从知道。这是一个永恒的秘密，不到借记卡归零的时候，你一直在混沌中。也许，它很短暂呢，幸好我不知你不知，咱们才能无忧无虑地生活着，懵然向前，支出着我们的时间，在哪一个早上那卡突然就不翼而飞，生命戛然停歇。

很多银行卡是可以透支的，甚至把透支当成一种福祉和诱饵，引领着我们超前消费，然而它也温柔地收取了不菲的利息。生命银行冷峻而傲慢，它可不搞这些花样，制度森严铁面无私。你存在账面上的数字，只会一天天一刻刻地义无反顾地减少，而绝不会增多。也许将来随着医学的进步，能把两张卡拼成一张卡，但现阶段绝无可能，以后也要看生命银行的脸色，如果它太觉得尊严被冒犯和亵渎，只怕也难以操作。咱们今天就不再讨论了。

也许有人会说，现在发布的生命预期表，人的寿命已经到了七八十岁的高龄，想起来，很是令人神往呢。如果把这些年头折算成分分秒秒，一年365天，一天24小时，一小时3600秒……按照我们能活80年计算，卡上的时间共计是2522880000秒。

真是一个天文数字，一下子呼吸也畅快起来，腰杆子也挺起来，每个人出生的时候，都是时间的大富翁。不过，且慢。既然算账，就要考虑周全。借记卡有一个名为“缴费通”的业务，可以代缴代扣。比如手机话费、小灵通话费、宽带上网费、水电费、图文电视费……呵呵，弹指间，你的必要消费就统统交付了。

生命也是有必要消费的。就在我们这一呼一吸之间，卡上的数字就要减掉若干秒了。我们有很多必不可少的支出，你必须要优先保证。首先，令人晦气的是——我们要把借记卡上大约三分之一的数额，支付给床板。床板是个哑巴，从来不会对你大叫大喊，可它索要最急，日日不息。你当然可以欠着床板的账，它假装敦厚，不动声色。一年两年甚至十年八年，它不威逼你，它是个温柔的黄世仁。它的阴险在长久的沉默之后渐渐显露，它不动声色地无声无息地报复你，让你面色干枯发摇齿动，烦躁不安歇斯底里……它会让你乖乖地把欠着它的钱加倍偿还，如果它不满意，还会把还账的你拒之门外。倘若你欠它的太多了，一怒之下，也许它会彻底撕毁了你的借记卡，纷纷扬扬飘失一地，让杨白劳就此永远躺下。所以，两害相权取其轻吧，从长远计，你切不可以慢待了床板这个索债鬼，不管它多么笑容可掬，你每天都要按时还它时间。

你还要用大约三分之一的时间来吃饭、排泄、运动、交通、打电话、接吻、示爱和做爱、到远方去旅游、听朋友讲过去的事情、发脾气和生气、和上司吵架，还有哭泣……当然你也可以将这些压缩到更少的时间，但你如果在这些方面太吝啬支出的话，你就变成了一架冰冷的机器，而不再是活生生的人。为了让我们的生命丰富多彩，这些支出你无法逃避。

当你太老的时候，或你太小的时候，你有一些时间将不知道自己干了什么。当然，如果有另外的人清楚地记录着你的支出的话，我想那些时间应该被称为“成长”和“休养生息”。这是一些时间的黑洞，你却必不可少。就像你原来有一笔积蓄，你觉得自己很是俭省，从未乱花过一分钱，但那些钱财还是在不知不觉中流淌，让你囊中渐空。你幼小的时候不能工作和学习，这不是你的过错，只是你的过程；你年老的时候不能创造和奋斗，这也不是你的过错，而是你的必然。为了盛极时的响彻云天，蝉虫必须在泥土中蛰伏蜕变15年。和它相比，人类还算早熟。人类的进步带来了人类的长寿，那多积攒出来的时间，基本上都是晚年。所以，你不能埋怨。你的生命借记卡上时间的价值并不等值，对此你只有一笑了之。

借记卡有一个功能，就是代缴各种费用。你的生命刨去了这么多的必需支出，你还剩下多少黄金时段?

如果我们知道自己生命中能够有效利用的时间到底有多少，我相信一半以上的人，都会活得更加精彩。因为借记卡的数字隐藏在无边的黑暗中，这就更需要我们在黑暗中坚定地摸索着前进。

你的密码只有你自己知道。不要把密码告诉陌生人，不要让他人主宰了你的生活。如果你的密码被泄露，不要伤心，不要自暴自弃。密码是可以修改的，你可以重新夺回你对自己生命的控制权。这张借记卡，只要你自己不拱手相让，就没有任何人能把它从你手中夺走。

不要用你手中的卡，去做纯粹为了虚荣和炫耀的消费。因为那都是过眼烟云，你付出的是生命，收获的是荒凉。

不要用你手中的卡，去买你不喜欢的东西。生命是我们能够享有的唯一，它的光彩和价值就在于它独树一帜的意义。找寻你生命的脐带，它维系着你的历史和光荣，这是你的责任和勇敢所在。如果你逃避或是挥霍，你就彻头彻尾地对不起了一个人，让那个人在无望中泪水流淌。这个人不是你的爸爸妈妈，虽然他们也可能为此伤感，但在他们逝去之后，你依然可以看到新鲜的泪珠在闪耀。这个人也不是你的师长，虽然他们可能会因此失望，但他们还有更多的学生可以期待。要知道你最对不起的人就是你自己，你委屈了千载难逢的表达。

唯有我们不知道生命的长短，生命才更凸显。也许，运动可以在我们的卡里增添一些跳动的数字？也许大病一场将剧烈地减少我们的存款？不知道。那么，在不知道自己有多少银两的时候，精打细算就不但是本能，更是澄澈的智慧了。在不知道自己所要购买的愿景和器物有着怎样的高远和昂贵时，就一掷千金毅然付出，那才是真的猛士，视金钱如粪土。

这张卡是朴素的，也是昂贵的。你可以在卡上镶上钻石，那就是你的眼泪和汗珠了。没有白金也没有黄金，如果一定要找到类似的东西，美化我们的借记卡，那只有骨骼的硬度和血液的温度了。

你的借记卡就是你的藏獒。当我们最后驾鹤西行的时候，能带走的唯一物品，是我们空空如也的借记卡。那个时候，我们回首查询借记卡上一项项的支出，能够莞尔一笑，觉得每一笔支出都事出有因不得不花，并将这笑容实实在在地保持在虚无缥缈间，也就是灵魂的勋章了。

其实，当你吐出最后的呼吸之时，你的借记卡就铿锵粉碎了。但是，且慢，也许在那之后，有人愿意收藏你的借记卡，犹如收藏一枚古钱。

人生如带

人类送往太空的礼品，有一盘录有声响的带子。

其他星球上的生物，有一天将凭着这带子认识我们地球人。

能在这样的带子上留下痕迹，该是至上的光荣。

人生的节奏越来越快。好像有一只无形的狼犬追逐着我们，每人都在和冥冥之中的某种速度竞赛。

有一个主宰一切的幽灵，拧紧我们的每一寸筋骨，驱使我们向前。

这是怎样一种至尊无上的力量？

它就是生命的不可重复性。

每个人诞生的时候，都是上帝之手涂抹干净的一盘磁带。伴随我们的生命，它开始缓缓地转动。录下大自然的风雨，录下慈父母的教诲，录下前人心血的结晶，录下远方未知的问号……

在带子的尽头，是沙沙走动的无声无息的空白。

每个人都顽强地想留下属于自己的声音。

带子很庄严，它默然向前，不理睬人们的叹息与挽留。它只保存一代又一代人类最精彩的声响，使自身更臻完美与辉煌。

与人类永恒的传送带相比，我们每个人渺小如蚁，孱弱如丝，轻淡如烟，消逝如水。

带子输送着一代又一代的人们走进宇宙的深处，那是一去不复返的轨道。

带子不断清洗着嘈杂的声音，毫无商榷地拒绝重复。带子只承认最新鲜伟大的发明，在历史的沉积中，变得越来越坚硬。要在上面留下痕迹，越来越艰难了。

你必须用人类迄今为止最优异的养料滋润自己的头脑，你要站在巨人的肩膀上。

巨人屹立着，并不因为你的弱小而弯下臂膀；巨人沉默着，他们敞开自己，却不肯搀扶你。攀登巨人几乎费掉我们毕生的精力，许多人在这样的探索中凝固，成为巨人的一部分，悲哀地失去了自身。

当那些最勇敢最智慧的人，攀到前所未有的高度时，迎接他们的是严寒与荒凉。

面对纷繁的星空和遥远的黑洞，你踏出高贵而孤独的脚步。

你极可能走错，湮灭如灰尘。

带子是不保留探索者的脚印的，它淡然地看着一位位先驱者扑倒，只为成功者留下位置。

宇宙用死亡限制人们的步伐。人类每一个婴儿的降生，都是历史的一次重新开始。智者离开时，卷走了他们没有诉诸文字的所有发现。

历史不记录回声。人的生命是长度固定的锁链，为了对抗死亡，为了在重复学习之余留出创造的空间，只有在每一个生命之环上负载更多的希冀与沉重，人类日益变得匆忙与紧张。

做人是越来越累了，我们已无暇再创造语言与文字这类服务于全人类的精神奢侈品，我们已在忙乱中迷失最初的意愿。人们越来越频繁地聚散，物品越来越快地更迭。我们以为过程就是终极，我们在旋转，以为是前进。

带子沉默着。

冷静甚至冷酷地等待着我们。

它只记录最优秀的声音。假如世间喑哑，它就耐心地等待。

人们在万籁寂静的深夜，倾听生命的磁带。

它均匀地无声地行进着，期待着……

逃避苦难

万里迢迢，到了甘肃敦煌。鸣沙山像一个橙黄色的诱惑，半明半暗卧在傍晚的戈壁上。

人们像朝圣似的，扒下鞋袜，一步一滑地向沙顶爬去。

你是想后来居上吗？友人从五层楼高的沙坡上向我招手。

我抱着双肘，半仰着脸对她说：我不爬山。

那你怎么到达山那边如画的月牙泉？

雇一匹骆驼。

要是雇不到骆驼呢？友人从六层楼高的沙丘上向我喊话。

那就只好沿着山根转过去。

这可是鸣沙山啊！友人已经到了七层楼高的沙峰。

不管是什么山，只要给我选择的自由，我就不爬！

我憎恶爬山！

我对友人喊，她已经到了十几层楼高的沙崖，没有回头。

她没有听到我的话，听到了也不会赞同。

经历是我们爱憎最初的和永远的源泉。

我曾经穿行于世界上最高的峰峦与旷野，山给予我太多的苦难。那个时候我17岁，当现在的女孩娇嗔地把这个年龄称为“花季”的时候，我正在昆仑山上度着永远的冬季。

在最冷的日子里，我们去爬很多皑皑的雪山。我背着枪支、弹药、十字箱、雨布、干粮、大头鞋、皮大衣，还有背包，加起来六七十斤。

第一天行进的路程，只是爬一座山。那座山悬挂在遥远的天际，像一匹白马的标本。

还没有走到山脚下，我就一步也迈不动了。宿营地在山的那边，遥远得如同我已死去了的曾祖父母。我完全不知道自己将怎样走过这漫长的征途。

缺氧使我憋闷得直想撕裂胸膛，把自己的心像一穗玉米那样扒出，晾晒在高原冰冷的阳光中。

生命给予我的全部功能，都成了感受痛苦的容器，我的眼珠被冰雪冻住了，雪花六角形的芒刺，牢固地粘在眼皮上，绝不融化，眼睛便像两只雪刺猬。呼呼的风声将耳膜压得像弓弦一样紧张，根本听不到除此以外的任何声响。关节腔里所有的滑液都被冻住了，每走一步都感觉到冰碴儿粗糙的摩擦。手指全然失掉知觉，腕以下是光秃秃的空白……

时至夜半，我仍未走出那座山。我慢慢地、慢慢地倒向昆仑山万古不化的寒冰。我不走了，一步也不想走了，走比死亡可怕得多。枕着冰雪，仰望高海拔处才能见到的宝蓝色天空，我愿意永不复生。

参谋长几乎是用枪，逼迫我站起来重新走。

从此，我惧怕爬山，仅次于死亡。

惧怕爬山，实际上是惧怕苦难。山——这些地球表面疙里疙瘩的赘物，驱使我们抵抗地心强大的引力，以自身微薄的力量，把自己的体重举起来。当我们悬浮在距海平面很高渺的山峦上，以为自己很高大，其实我们不过是山的玩偶。

苦难是对人的肉体和心灵的酷刑。那些叫嚷热爱苦难的人，我总怀疑他们未曾经历过刻骨铭心的苦难。或者曾将苦难与苦难换来的荣誉，同时置于跷跷板的两头，他们发现荣誉的头发高高地飘扬在半空，遮蔽了苦难黝黑的面庞。

他们觉得——值。

苦难是对人的信念最残酷的锤打。当你饥肠辘辘，当你衣不遮体，当你的尊严践踏于泥泞之中，当你纯洁的期冀被苦难的蛀虫蚀得千疮百孔之时，你对整个人类光明的企盼，极有可能在这黑海洋中颠覆。命运之舟破碎了，只剩几块板状的残骸。即使逃脱困厄的风口，理想也受到致命的一击，再要抬起翅膀，需要积蓄永远的力量……

经受苦难而不萎靡，不沦落，不摇尾乞怜，不柔若无骨，不娼不盗，不偷不抢，不失魂落魄，不死去活来，是天才是领袖是超人，非平常人可比。

然而历史是平常人创造的。

幸亏人类害怕苦难，才得以不断进步不断发达不断繁荣。假如人类什么都不怕，什么都满足，至今还穴居山顶，茹毛饮血，火种刀耕。

最稚嫩最敏感的部位，最怕疼，例如我们的手指尖。粗糙它，磨砺它，指肚便会结出厚厚的茧子，这是一种悲哀的退化。

手指结茧可以消退，心灵的蛹若被苦难之丝包绕，善与美的蛾儿便难以飞出，多数窒息于黑暗之中。

当然，当苦难像飓风一样无以回避地迎面扑来时，我也会勇敢地迎上去，任沙砾打得遍体鳞伤，任头发像一面黑色的旗帜高高飘扬……

为了逃避苦难，我一生奋斗不息。

苦难也像幸福一样，分有许多层次，好像一条漫长的台阶。苦难宫殿里的至尊之王，是心灵的痛楚。

没有血迹，没有伤痕，假如心灵被洞穿，那伤口永世新鲜。

我相信在人类心灵的国度里，通行痛苦守恒的定律。无论怎样的皇亲国戚，无论怎样的花团锦簇，无论怎样的二八佳丽，无论怎样的鹤发童颜，都有潜藏的伤口，淌着透明的血迹。

逃避了食不果腹、衣不蔽体的小苦难，便滋生出建功立业壮志未酬的大痛苦，待功成名就踌躇满志之时，又生出孤独寂寞高处不胜寒的凄凉……人类只要存在感觉，苦难便像影子永远伴随。成功地逃避一次又一次苦难，人类就在进化的阶梯上匍匐向前了。

西域古道上，驼铃叮当。我骑着骆驼，绕到了月牙泉。

没有爬上鸣沙山，你要后悔一辈子。友人气喘吁吁地滑下沙丘对我说。

我不后悔。世界上的山是爬不完的，能少爬一座就少爬一座吧！

像逃避瘟疫一般，我逃避苦难。

心中的死结

我很小的时候，大约四五岁吧，有一次看到人们抬着一个奇怪的箱子在走。我问别人，箱子里是什么？旁人随口回答，那是棺材，里面有一个死人。我又问，他们要把他抬到哪里去？人家回答，抬到土里去。

这就是我对死亡最初的理解，觉得很不舒服。我想，一个人躺在土里，鼻孔里会有蚯蚓在爬，眼皮里夹满了沙子，饿了吃不到饭，冷的时候，虽说有箱子盖儿挡着风雪，也会冻得打战。

后来，我成为医学院的学生，解剖尸体是必修课。我因为来自高原，算是经历了艰苦的考验，大家希望我能做个表率。我也不愿意被人家说女孩子胆小，就装作无所畏惧的样子，要求第一个开始操作。那种在死人身上动刀的恐惧经历，刻骨铭心。（你切开一个人，他却不出血。你不知道他究竟是人不是人。）表面上还要装作从容镇定，谈笑风生，心中的感觉更是骇异。

特别是我所解剖的那具尸体，是一个死刑犯，当天上午处死他之前，还让他站在车上游了街。当时我站在路边，车子驶得很快，人脸晃过都很模糊。在解剖的时候，我不能确定自己早上是否看到过他（因为被同时执行死刑的还有其他人），就不由自主地仔细察看他的脸和表情，觉得他痛苦而狰狞，在恨我。他的灵魂盘踞在充满福尔马林气味的解剖室里，威胁着我。（当我此时写到这里的时候，心跳急剧加快，呼吸感到十分紧迫，好像有什么爪子扼在喉咙处。）

后来我当了实习医生，我医治的第一个病人是位中年妇女，肾衰竭，已到晚期。她的死亡来得十分急骤，那天晚上别人都去看电影了，老医生也不在。我正在写病程记录，护士突然报告说病人呼叫我。我赶到她身边，她死死地抓住我的手，说："小皮（她是南方人，总把毕说成皮）医生，我好难受啊……"我急忙听诊，她的胸膛里，已是无边无际的沉默。我开始抢救，但采取的所有急救措施都宣告无效。后来老医生来了，看了记录，说我很恰当地实施了一个医生的职责，干得不错，但我还是非常沮丧。

她的丈夫那天晚上看电影回来，放声痛哭，急着问，谁最后在她身边？我说，是我。他又问，她最后留下的一句话是什么？我本来想如实相告，但又一想，那位丈夫因为妻子逝去时不在她身边，已充满内疚，如果我再转述了他妻子临终时很痛苦很难受的遗言，是不是他会终生谴责自己？于是我咬着牙说，你妻子走得很安详，她什么也没说。

多少年来，我为自己当时的处置忧虑，不知道自己是否得体？也许，让一个挚爱自己妻子的丈夫，得知她诀别人世的真实情况，应该是更重要的选择。

后来，我当了许多年的医生，看到了无数死亡，已经可以做到心如古井处变不惊。但我自知关于死亡的恐惧和忧虑，并无缓解或消失。它们像冬眠的蛇，潜伏在我意识最深的地窖里，等待惊蛰。

再后来，我的父亲得了骨髓癌，这是一种极为恶性的疾病，治愈率为零。当我确知这一诊断结果的时候，只觉得天塌地陷。父亲以为我是医生，可以治好他的病。我承受着巨大的压力，还要不断对父亲做出光明的许诺。作为戎马一生的军人，父亲有极强的洞察力，我想他是知道一切的，但他从来没有叙述过自己的痛苦，他在最后的苦难中，对我说的是——他很幸福。

为了保护母亲和家里人，我一个人独自面对医生，把日趋恶化的各种化验报告仔细地粘贴，来回分析。我知道父亲的生命已一天天消失，再无法挽回，我能做的只是减轻他临终的痛苦，让全家人特别是母亲，减少一些重创的剧痛。

父亲是叫着我的名字，死在我的面前的……

多年来，我无法回忆这一惨痛的时刻，我无法与任何人谈起，只有深锁心底。（同母亲谈，会勾起她的痛苦；同弟妹谈，会使他们难过；同朋友谈，一般的安慰对我无效。）我曾寄托于无往不胜的时间，以为它会渐渐冲淡我的痛苦。但我似乎错了，长久的时间过去了，那创伤依旧绽裂着，流血不止。只要一想起父亲，无论何时何地，我都会泪流满面。（此刻，滚滚而下的泪水，已将计算机的键盘打湿。）

父亲的丧礼过后，我使劲吃饭，总也吃不饱。我知道自己心理上出了毛病。因为父亲的病最初被发现，就是从体重无缘无故减轻开始的。那样强壮的人，最后被疾病摧残得虚弱无比。潜意识里，我觉得吃饭似乎可以抵挡病魔，竟视体重的不断增加为安全。

我开始恐惧医院，哪怕是极要好的朋友病了，我只肯到家里探望，绝不敢进医院的门。因为父亲逝世前一个月，我天天守在病房，寸步不离，神经对白色过敏并厌恶，我再也不想见到病床和药瓶了。

我不能参加追悼会，哪怕是极尊敬的前辈去世，家属发来治丧函，邀我参加遗体告别仪式，我都以种种理由推托，或者干脆就不给回音，让对方觉得很无礼貌。我无法面对那种氛围，恐自己失态放声痛哭。

甚至我的弃医从文，也和这段经历有很大关系。我觉得医生太无奈了，充其量只能预报病情恶化的时间，却无能为力挽救生命。我虽然可以承认这是新陈代谢的规则，但再也无法从容对待病人和家属满怀期望的眼神。我要逃避这种对视。

对于死亡的思索，使我有了《预约死亡》《红处方》这一类以生命为题材的作品，但我知道自己要超越生死，对死亡有一种更达观更理性的认识，还有很长的路要走。我希望自己能够摆脱“死”这个结的困扰。

温暖的陵园

我喜欢陵园的“园”字。不信，请你在风中轻轻念叨三遍，你的口形会从“陵”字凄凉的松懈，变成轻微收拢的振作，好像含住了天上落下的一滴雨露。有了这个温润的“园”字，“陵”字的孤寂和黯然就被冲淡了，你不由自主地想到花园、公园，甚至……团圆。

陵园本是伤怀之地。每一个为自己的亲眷寻找安息之所的人，最初走进这里的时候，心情都是哀痛而复杂的。哲学家说：“死亡的本质就是不可能再有任何可能性了。”其实不然，死亡在陵园演化成了整齐的行列和庄严的祭奠，变作了根和枝叶，还有花朵，还有果实。有一些人可能永远地消失了，有一些人却在这里被长久垂念。

在一般人眼中，陵园是空旷的，是冷寂的，是枯萎的。但你到八达岭陵园里走一走，就会渐渐忘却最初的忧烦。你看到的是绿草和树，是高山和云霞；你听到鸟鸣和流水，还有工作人员亲切的话语。

感谢八达岭陵园在2006年将我聘为他们的心理顾问，有若干单位也曾表示了相类的邀请，我都一一婉谢。写作占据了我生命中的大部分时间，其余的光阴就很有限了。我愿意参加到八达岭陵园的工作中，是因为重要和圣洁。

人一生当中要搬很多回家，要结识很多人，要看很多风景走很多路途……陵园，就是最后的一个家。陵园的工作人员就是最后结识的人，陵园的山水是最后看到的景色，陵园的土地就是最终停下脚步的驿站。

将心理学的知识引入陵园的工作中，是一个创新的领域。长久以来，哀伤是不登大雅之堂的，人们在黑暗中苦挨苦熬。凄清无助的感觉攫取身心，苦楚如潮水一般将我们沉溺。这其中要经历震惊、否认、愤怒、绝望、平静、恢复、痊愈等等复杂的心理路程，甚至有人干脆就把哀伤列入了和烧伤一样危险的急性疾病。谁来拯救苦难中的人们？谁来安抚百孔千疮的破碎之心？这个阶段到底有多长呢？国外的研究者有说是半年的，有说至少要两年的。我认识一位女士，母亲在18年前的大年初一离世，18年来，每个春节都苍白如雪。家中清锅冷灶阴风惨惨，没有一丝过节的气氛。没有经过处理的哀伤，犹如埋藏在骨髓内的钢钉，哪怕表面上已经平复，也不知会在哪一瞬爆发剧痛。我们只有等待时间之水慢慢洗刷，让哀伤抽丝剥茧一点点稀释。

生命是一个完整的过程，每一个阶段都充满尊严。每一个生命的诞生，都让我们欣喜；每一个生命的离去，都让我们叹息。生命在陵园余音袅袅，人必须回到泥土当中，才能得到安宁。除了时间，我们还有没有其他方法挣扎出哀伤的海？如今陵园的工作者，将心理学的知识引进到工作中，通过大家共同的努力，联结起一双双温暖的手，强有力地援助哀痛中的人们。

期待那一天——当我们走进陵园的时候，沉默凄楚忐忑不安；当我们离开陵园的时候，静谧镇定祥和有力。

安然逝去

每个人都会死。生命之箭脱离了母体，向着死亡的目标飞翔，终结的靶心早已傲然矗立在远方。人的生存是一个向着死亡的存在，这不单是一个抽象的哲学问题，更是每个人非常具体的扫尾。

在人类的进化史上，先有了优生。这符合生物繁衍昌盛的规律。安然地照料即将逝去的、衰老的、虚弱的、残败的个体，是一种高级的需要。恕我孤陋寡闻，不知道在动物界里除了“乌鸦反哺”这类未经证实的“孝道”之外，可还有年幼的动物服侍垂老待毙动物的佳话？不敢说没有，起码是极为罕见的。在《动物世界》之类的节目里，看到的几乎都是为了种族的繁衍，亲代动物不惜舍身饲子，到了粉身碎骨死而后已的地步。所以说，对失去了生殖繁衍价值的垂死的同类，施以温暖的照料，保持它的尊严，这在本质上，不是动物的本能。

人是一种高级生物。在温饱满足之后，便有爱与尊严的需要。当一个人隆重走完一生，却在濒临死亡的时刻，将一生的尊严散失殆尽，这对人的价值追求真是一个莫大的反讽。

临终关怀起自宗教的朝圣之途，但很多中国人几乎没有宗教信仰。在没有宗教信仰的人群中，怎样实现尊严地活着与尊严地死去，更是任重道远。

我到过国内若干家临终关怀医院，它们给我的一致感觉是破烂和简陋。那些濒临死亡的人有一种淡漠和渴望交织在一起的眼神，令人看了之后觉得自己还能行走和微笑，是一种奢侈。在期待国家和慈善机构投入更多的人力和物力的同时，又悲哀地想到，对一个幅员如此广阔、人口如此众多的发展中国家来说，这是否是最有效的办法？

在哪里死亡呢？人们曾经夸赞过蜜蜂是个懂事的小家伙，因为在蜂巢里永远看不到死去的蜜蜂，濒死的蜜蜂在得到神秘的通知之后，就远离了蜂巢，死在旷野。当人们为不用打扫蜂巢内的死蜂而沾沾自喜的时候，也在寻找着大象的墓园。大象也会在即将死亡的时刻，离开整个象群，找到祖辈的终结处，静静地安息。人们急切地寻找大象的墓园，是因为大象的牙齿。如果大象没有了牙齿，人们对大象魂归何处，估计也和对蜜蜂的下落一般，采取不求甚解的态度。

“老吾老以及人之老”是一句名言。在古代汉语的学习中，这句话屡屡被提及。老师不厌其烦地告知大家，这中间有三个“老”字，每一个“老”字用法是如何地不同。一读到这句话——这么多个“老”字，就让人的头发急遽变白。

中国古代应对人的老化以至死亡，强调的是后辈的“孝道”。这是一种个人的行为，其中还有很多啼笑皆非的因素。有名的“二十四孝”，总体上矫情而煽情，走极端太多，但对老人的基本需要却很淡漠。

生命之箭的抛物线，在越过了最高点之后，就会疾速地下滑。在以往漫长的农耕时代，那箭的坠落之点就选在自己的家中，略有积蓄的农家，早早就筹划着有关死亡的各种部署。记得我十几岁到乡下学农，住在一户孤老太家中。院子里摆着棺木，每当艳阳天，老太就在绳子上晾晒寿衣。斑斓的衣物那么精致，那么娇艳，璀璨满地，色彩将破败的小院映得燃烧般美丽。

这就是前工业社会的死亡，它虽然奇异，却并不是不可忍耐和不可接受的。从那位老人平静和周密的策划中，我甚至感到了一种筹划的快乐。

如今城里的孩子们是没有这份福气了。他们看不到死亡，死亡被封闭到医院雪白的帏帐之后，被浓重的药水浸泡着，与世隔绝。但是人们对于死亡的好奇与探索是与生俱来的。于是，人为地封闭了解死亡的天然途径，只为疑惧和恐吓留下了空间。见缝就钻的影视商人，岂能放过这一块令人垂涎的黑色蛋糕？荧幕上充斥的死亡是夸张和不自然的。为了种种剧情的需要和商业的噱头，死亡被随心所欲地描述成恐惧的、黑暗的、血腥的、冰冷的、丑陋的、残暴的、惊世骇俗和匪夷所思的……如果说这只是一个方面，那么另一个方面就有着更为迷人而充满诱惑的效果。在一些作品中，死亡被描绘成一幅神话，是令人神往、无限凄美、非常妖娆、缠绵悱恻，并具有可逆性的，等等。

作为艺术的死亡，是可以有其发挥的空间的，但是这种描述在人们对正常的死亡缺乏认知的空白之处膨胀，特别是对青少年来说，它所起到的传授和导向的力量就变得诡异而不可忽视。

死亡是生命的正常部分，死亡是生命的最后部分。死亡是成长的最后阶段，死亡是我们生活中不可分割的有机体。在现代医疗技术的帮助下，绝大多数死亡，可以是平静、安宁、洁净、有尊严的。

当我们能够坦然地接受死亡，生命的质量因此而提升。如果我们不能视死亡为正常生活中不可逃避的一部分，我们生命的枝蔓就无法真正地舒展，哀伤和恐惧就栖息在心灵某个幽暗的角落，在某个暗夜或是某个风雨大作的时刻，沮丧悲哀会让我们泪流满面甚至痛不欲生。

工业社会将正常的死亡从乡间搬到了城市，从自然消解变成了充满人工痕迹的抢救。我至今对“抢救”一词心怀惴惴。这是一个直接从工业化大生产中移植来的术语。君不见“抢购”“抢兑”“抢修”“抢班夺权”等等，凡事只要“抢”，就有了紧迫与暴烈的味道。在正常情形下，死亡是不需要抢的，死亡是渐进和缓释的。所以，我以为，除了儿童和青壮年的车祸外伤和疾病需争分夺秒地抢救，天然的死亡不妨从容安详。

生命的终结是一个余音袅袅绕梁三日的过程。想一想还有哪些未完结的事情，等待着我们有一个妥帖的终了？有哪些亲切的话语，还未对这个世界娓娓表达？有哪些不放心的事项，还不曾交代清晰？还有哪个想一见晤面的人，尚在路上奔跑，需要顽强地等待？还有哪件珍爱的纪念品，需要随身携带了远行？

…………

这上述种种，对于身手矫健耳聪目明的人来说，只是小事一桩，对行将就木垂垂老矣的人来说，就有着莫大的意义。

我听到很多人说，他们希望死在家里，死在亲人的簇拥之下，死在温暖的床上。他们不希望被一群完全不认识的身穿白袍的人死死缠住，把五颜六色的药水猛灌到干瘪的血管之中。我当实习医生的时候，看到抢救时把病人的肋骨咔嚓嚓压断，心中实在难以安然。我对老医生说，这人明明没得救了，干吗还要这样折腾他？老医生说，如果你不在一个注定要死的人身上练手艺，那你在谁身上练呢？

于是需要重新界定医学。医学不能为了证明自己的成功，而忽视了病人最基本的权利。那个躺在冷榻之上无知无觉的躯体，毫无反抗的能力。医学在这种时刻，以救治的名义，剥夺了他最基本的支配自己身体的权利。此种意义上的医学，已经不是仁慈，而是一种被白色矫饰过的残忍。

医学并不是万能的。死亡在进化与代谢的链条上，是不可战胜的。医学应该有一个边界，这个边界就是以病人的选择与尊严为第一出发点，而不是单纯从医学技术的角度考虑得失。

现代医学在描述方面远远走到了治疗的前面。就是说，对一种疾病的发生、发展和转归，它已能清晰地预报。但是，在治疗的手段上，就远远没有这样乐观了。我以为这是一个必然。因为医学只能在一个有限的范畴之内发挥自己的力量，但在更广阔的领域中，它是一种描述的科学。

需要建立新型的医疗评价标准，因为死亡并不是失败。既不是病人的失败，也不是医生的失败。死亡是可以接受的必然之路。

安然逝去，这是很大的工程。首先是观念上的转变，人们要接受死亡的必然。要在自己年富力强的时候，完成对于死亡的整体构想，死亡不是一个可以边设计边施工的项目，我们要未雨绸缪，既然我们一定要和它遭逢，那么有时近距离地查看和抚摸，就有了现实的意义和战略上的远谋。

夜深了，窗外繁星点点，最渺小的星星也比一个人的生命要长久得多。人生有清晨，人生也是有夜的。夜晚过去了，就娩出黎明。黎明是我们的，夜晚也是我们的。无论白天还是夜晚，我们都期待安宁和尊严。

社会的底色和脊梁

我曾经在一家重工业工厂工作过十年。我和工人们一样三班倒，家就住在工厂厂区里。除了特别健康的工人以外，我叫得出全厂几千工人的名字，因为我是厂里的卫生所所长。我听得见工人们汗水滴落在火红的炉前嗞啦啦蒸发的声音，我也亲手医治过他们的伤口和病痛。如果不是因为从事了写作中途调离的缘故，我会在工厂一直干下去，直到退休。

其实我的个人经历挺简单的，出了学校的门，就到了藏北高原当边防军，从部队回来之后，就进了工厂的大门。关于遥远的雪山，关于军人的职责和神圣，我已经写了很多，但是关于工厂，关于我的工友们，我却写得很少很少。这不是因为我的懒惰或是忘记了他们，而是我总在迟疑，不知道自己是否能写好他们。

关于写作《女工》这部小说的感想，我在书的自序里已经写了，请允许我在这里把它们重复一下。

“最引起我关注的是女工，她们如花的青春在厚厚的工装之下盛开和枯萎，化作了闪光的金属屑和鬓角的白发。那时，我暗暗下了决心，如果有一天我能拿起笔，我会写下她们。

“愿望蛰伏多年，在2003年的冬天发芽。和以前匆匆赶路的写法不同，这一次，我写得很徐缓，好像不是在虚构一个人物的命运，而是有一份现成的女工简历铺在面前，只等着我把它们抄写下来。我是一个描图员，峰峦沟壑很久以前就屹立在那里了，我不过是忠实记录下它们的海拔。这种感觉很奇特，是我在以往的中篇小说写作中从未经验过的。过程很顺利，当我以每天2000字的匀速，写了近一个月之后，它就很自然地收尾了。我把它放到一边，去忙其他的事情，彻底地忘掉它。这是我写作的一个习惯，刚写完的作品，会带着火气和青涩，要把它们晾一晾，晾到凉透了，再来苛刻地温习和修改。

“因为插进了另外一本书的写作，这一晾，就是很长的时间。待我回头修改《女工》的时候，岂止是凉透，简直就是冻僵了。重读的时候，我为浦小提捏着一把汗，她那么普通，未曾参与过任何惊天动地的事件，她的一生，能否引起人们的兴趣和关切？

“这个疑问，直到我通篇修改完成之后，依然存在。编辑催稿，当我用电子邮件把全文发走后，一种强烈的悲哀和怅然袭击了我。我突然和浦小提那样难舍难分，我觉得她一个人驾着一道白光去了陌生的地方，要去结识陌生的人和陌生的环境，她可曾习惯？她能否安然？浦小提没有受过高等教育，她的原始学历只能算是小学。她除了搬运金属块和做家常饭之外，基本上一无所长。她贫困而高傲，坚守着在某些人看来十分迂腐的传统道德；她孤独而寂寞，前方还有不绝的辛劳和挑战。但她内心的善良和勇气，还有她在命运跌宕中的清醒和坚定，又让我心生敬重……不安和凄然的情绪，天天缠绕我心，久久挥之不去。直到我很坚决地对自己说，你再这样婆婆妈妈的，就是不相信浦小提。相信浦小提吧，她自有力量应对。她既然已经经历过那样多的风风雨雨，相信她一定能和更多的普通人结成朋友。反复说过数遍之后，我的心才渐渐安歇下来。

“和自己小说中的人物这般血肉相依，在我的写作经历中是很少有的。和一位写作的朋友谈起此事，她说，你这可能是变态的自恋吧？思索之后我认为不是自恋。只因为我在工厂的普通女工中生活得太久，已把她们当成我的姊妹。我远没有她们那样吃苦耐劳顽强执拗，我仰慕她们，期待她们幸福。”

有朋友问我，现在人们都关注白领，喜欢奢华绚烂的日子，你写底层劳动人民，就不怕没人买你的书吗？

我想，我不怕。我热爱他们，他们是我们这个社会的底色和脊梁。无论怎样，我不会改变自己的热爱和坚守。

生命之序

一位患“非典”的香港心脏科医生住进了医院的“深切治疗部”。“深切治疗”这个词是温煦的，但缝隙间有幽幽的冷风散了出来，让人感到病情的重笃。医生脱险后接受采访，记者问，一个人孤独地住在病房里，想了些什么？医生沉吟了一会儿说，想得最多的是，要把人生中最重要的事和一般的事分开，先做那些重要的事情。记者当然追问，你生命中最重要的事，是什么呢？医生答，和我的家人在一起。

几天后，我又见到一位脚夫老人。大家都熟悉的陕北民歌《赶牲灵》，就是脚夫们走沟穿壑在高原上吼出的。他说：“活着做遍，死了无怨。”意思是人活着的时候，把你想做的事都做了，就一生完满，活得够本，可以安然就死了。

医生是留洋博士，脚夫满面黄尘苍凉。不同层面的人，异曲同工的话，于是在突如其来的瘟疫背后，就有了哲学的味道。人是脆弱的，种种意外的蛰伏，使得能上天入地、能让电脑每秒钟运算若干亿次的现代人，却无法估算出每人大限到来的时刻。面对永恒的困境，只剩下一个可行的方法，就是把那些我们以为最重要的事，抓紧做完。简言之，你要给生命排一个序。

什么是生命中最重要的事呢？夜深人静月朗星稀之时，每个人心平气和地想想，也许是事业有成，也许是周游世界，也许是孝顺父母，也许是舍己为人，也许是永远探索，也许是安分守已……我相信都会得出自己的答案。

寻找最重要的事情，其实就是寻找生命的价值——它是我们立下的宏愿，是你选定的主牌。有了它，一应事务的顺序就排出来了。现代人陷入日常的忙碌，无数细小而琐碎的事件，缭乱了我们的双眼，模糊了我们的视线，凝滞了我们的脚步，壅塞了我们的襟怀……现在，“非典”这个小小却凶狠的病毒，抑缓了陀螺转动的速度，让我们被迫停止眺望。于是，无数人像那位香港医生一样，在病榻的阴影下，情不自禁地思考起了顺序和意义。

把你杂乱的牌阵理出顺序，把你最重要的事情放在首位，如此，无论怎样邪恶的病毒，也扰乱不了我们澄清的心。

一个光滑的过程

一项技艺，半生不熟时，最有吸引力，就像红了一半的果子，太阳的每一天曝晒都会使红色蔓延。你眼见得自己的手艺越来越好，操作起来就格外有兴趣。

给人做手术也是这样，新分到外科的实习医生像上瘾一般追逐手术。病人的肌肤像一幅幅白缎子，等待我们用刀去作画。手术讲究的是快而干净且美丽，像一个老练的艺人雕刻象牙。

美丽的手术并不单指表皮缝得平整熨帖，它要求所有的过程光滑而富有节奏。说到手术，总是让人联想到血污、脓腥和骨殖，好像是秽物的垃圾场。那实在是凡人的感受。在医生的眼睛里，新鲜的血是温热而艳丽的，洁净的皮肤是柔润而光泽的。只有病赘才是垃圾，他们正是要把它清除出去。完美的手术是对人体的一次大修，手术后的病人是间打扫一新的房屋。

在做手术的时候，我们渐渐练着不把白布单下卧着的那个长方形物体当人，只以为是一个待加工的零件。这不是对生命的漠视，而是另一种意义上的珍重。我们只有见树木，不见森林，才会有刈伐它的勇气。假如你的每一次切割每一次分离，都想到这是人啊这是人，近在咫尺的怜悯与哀伤，会使人十指颤抖泪眼婆娑。你的刀锋会在病人的肚子上画曲线，你的钳子会在病人的肠胃上戳窟窿。而手术的任何迟缓延宕，都是对生命的亵渎。

这个磨炼的过程，痛苦而缓慢。刚刚走进外科的年轻人的平常心，被闪闪发光的外科器械冷酷地打磨成医生心。只有练就对呻吟对鲜血对生命逝去的无动于衷，才能更敏捷地驮着病人沉重的躯体，游到再生的彼岸。

这是一个悖论。两难境界的齿轮切削着年轻人的柔弱，他们缓缓地被塑造成合格的外科医生。正规的医生的心很圆很光洁，没有棱角没有毛刺。它在人类的生离死别中滚动，像一颗闪亮的不锈钢珠。

有人以为医生淡漠。不要用常人喜怒哀乐的度量衡标准来鉴别医生。不是说医生的队伍里就没有冷酷的心，而是需要更仔细地鉴别。冷酷的医生和外冷内热的医生，表面上都像冰一样沉静。砸开那层坚硬的外壳，看看里面的内芯。

假如那个医生周到地询问你的病情，即使他的声音不是那么亲切，他也是负责的。

假如那个医生详细地检查你的身体，即使他的动作不是那么轻柔，他也是认真的。

假如那个医生恰如其分地向你描述了手术的前景，

即使他允诺的并不乐观，你也该相信他。

假如那个医生在手术后不断地看望你，即使他什么也没有说，也是一份深深的情意。

手术是常常有失败的。一个好的医生不但要有像宫灯一样红而温暖的心，而且要有手起刀落烂熟于心的勇气。前者凭的是天赋，后者更多依赖的是经验。

好的医生是在无数次失败的白骨上积累起来的。人人都渴望成功，尤其当它针对的是天地间最宝贵的生命之时，但医学恰恰是一个成功率极叵测的领域。

我们常常拒绝谈论医生的经验是来自何方，因为那个答案太简单也太残酷，但它的确是浴着血液和死亡升腾起来的，我们不必讳言。但愿我们赶上的是一位积累了极多经验的医生，但那也有“万一”这个概率在阴暗的角落窥测我们。当我们用自己的血液润滑了一个年轻医生的生涩时，只有发一声悠长的叹息。

外科医生多爽快。一个黏黏糊糊的人注定不能成为优秀的外科医生。手术台上间不容发，每一秒钟都在流血。人是没有多少血可流的，只是一个小小的水罐。手术就是在罐子沿儿上敲了一个口，把罐子里的东西清理一番，在这个过程中始终伴有滚烫的鲜血。每一滴血都像乞丐兜里的最后一块钱币。在手术台上，你会非常明了地意识到，血液是构成生命最本质的材料。

只有懒婆娘才会在和面的时候，搞得盆里盆外都是白粉，俊俏的巧媳妇要的是面光盆光手光。看经验丰富手脚麻利的医生做手术是一种欣赏，有一种与死亡搏斗的韵律流动其中，那是从容不迫地缝制新的生命的过程。

病人躺在手术台上的时候，有一种听天由命孤苦无助的恐惧。他的衣服被收去，为的是一旦出了意外，抢救起来方便。无影灯像许多亮而不热的小太阳，低低地俯视着他。周围都是不认识的人，就是认识的那个医生，也因穿了古怪的手术衣而面目全非。他感觉到自己的生命像一根丝线，线头已然脱落，被医生随意缠在指尖。

我们听到过那么多下不来台的惨剧。下不来台这话，以前一定是演员专用的，因为舞台比手术台要悠久得多。但花红柳绿的舞台，再难堪也是好下的。无非是捂上你的脸，闷头跑下来就是了。那惨白的手术台，无论对医生还是对病人，都是严峻的生死之门。上台的时候还同我们说话，下来的时候已永远不再有呼吸。作为在手术书上签字的亲人，他的灵魂将长久地在黑夜的旷野上被拷问；作为执刀的医生，也将终生惭恧。

所以医生须“练”，练那些极平凡极琐碎的动作。整日像个纱厂女工似的，练打结，练剪线，练分辨极小的病变，练处理极险恶的异常……然而，医生最主要的是练“胆”。

让病人死在手术台上固然是一种持久的尴尬，但让病人缓缓地渐渐地但是无可遏制地迫近死亡，又何尝不是胆怯？在明明可以狙击的时候，为了顾忌一己的风险，温和地看着病人向黑暗的深渊坠去，这样的医生，在温柔敦厚下蕴埋着懦弱和敷衍，是另一种残忍另一种谋杀。

手术是一个漫长的过程，在这条小路的草丛里到处潜伏着可知和不可知的凶险。达摩克利斯剑悬挂在无影灯上，阴霾时刻笼罩着洁白的手术间。

在没有硝烟的日子里，医生是最勇敢的人。他们手持自己的智慧和机敏，在血肉中辟出生的循环。假若把病人比作一只即将停摆的钟，外科医生则在精细地修理它。他们会在手术台旁不知疲倦地站上几个小时、十几个小时，完全不喝水，不上厕所，好像是一架没有损耗的机器。这在平日，几乎是不可想象的事情。为了他人的生命，外科医生将自己的生理需求压缩到了极限。

手术发展到了今天，心可以做手术，脑可以做手术，眼可以做手术……人体所有神圣的部位，小小的手术刀都可以探进去搜索。外科已无禁区。外科医生是个修理匠，像所有的手艺人一样，优秀的匠人需要多年的磨炼。医生是一个只要精品不要废品的行当。

外科医生的日子就在手术台前渐渐地消磨去了，像一块磨刀石洼陷出岁月的弧形。外科医生也像植物一样，有它的衰老期。他们的眼花了，手颤了，反应速度下降了，连续的判断失误……他们会有悲哀地告别手术台的一天，像将军告别他嘶鸣的战马。

手术打开的是一枚枚生命的蚌壳，手术黏合的是一只只完整的苹果。

许多人的生命是从手术后重新开始的，手术台也是产床。

让我们祈祷每一次手术的过程都美丽顺畅，像空谷中一条漂着桃花的小溪。

让我们为自己祝福，万一有一天我们躺在白茫茫的手术台上，主刀的医生年富力强，耳聪目健，头脑像南极一样镇定，心地像赤道一般火热，正处于外科事业的巅峰。

最后，让我们发一宏愿：假如有可能，一辈子不要同外科医生打交道。

节气是一种命令

夏初，买菜。老人对我说，买我的吧。看他的菜摊，好似堆积着银粉色的乒乓球，西红柿摞成金字塔样。拿起一个，柿蒂部羽毛状的绿色，很翠硬地硌着我的手。我说，这么小啊，还青，远没有冬天时我吃的西红柿好呢。

老人显著地不悦了，说，冬天的西红柿算什么西红柿呢？吃它们哪里是吃菜？分明是吃药啊。

我很惊奇，说怎么是药呢？它们又大又红，灯笼一般美丽啊。

老人说，那是温室里煨出来的，先用炉火烤，再用药熏。让它们变得不合规矩地胖大，用保青剂或是保红剂，让它们比画的还好看。人里面有汉奸，西红柿里头也有奸细呢。冬天的西红柿就是这种假货。

我惭愧了。多年以来，被蔬菜中的骗局所蒙蔽。那吃什么菜好呢？我虚心讨教。

老人的生意很清淡，乐得教诲我。口中吐钉一般说道——记着，永远吃正当节令的菜。萝卜下来就吃萝卜，白菜下来就吃白菜。节令节令，节气就是令啊！夏至那天，太阳一定最长。冬至那天，亮光一定最短。你能不信吗？不信不行。你是冬眠的狗熊，到了惊蛰，一定会醒来。你是一条长虫，冷了就得冻僵，会变得像拐棍一样打不了弯。人不能心贪，你用了种种的计策，在冬天里，抢先吃了只有夏天才长的菜，夏天到了，怎么办呢？再吃冬天的菜吗？颠了个儿，你费尽心机，不是整个儿瞎忙活吗？别心急，慢慢等着吧，一年四季的菜，你都能吃到。更不要说，只有野地里，叫风吹绿的菜叶，太阳晒红的果子，才是最有味道的。

我买了老人家的西红柿，慢慢地向家中走。他的西红柿虽是露地长的，质量还有推敲的必要，但他的话，浸着一种晚风的霜凉，久久伴着我。阳光斜照在网兜上，那略带柔软的银粉色，被勒割出精致的纹路，好像一幅生长的印谱。

人生也是有节气的啊！

春天就做春天的事情，去播种。秋天就做秋天的事情，去收获。夏天游水，冬天堆雪。快乐的时候笑，悲痛的时分洒泪。

少年需率真。过于老成，好比施用了植物催熟剂，早早定了型，抢先上市，或许能卖个好价钱，但植株不会高大，叶片不会密匝，从根本上说，该归入早夭的一列。老年太轻狂，好似理智的幼稚症，让人疑心脑幕的某一部分让岁月的虫蛀了，连缀不起精彩的长卷，包裹不住漫长的人生。

时下有句俗话——您看起来比实际的岁数年轻，听的人把它当作一句恭维或是赞美，说的人把它当作万灵的廉价礼物。我总猜测这话的背后，缩着上帝的一张笑脸。

比实际的年龄年轻，就分明是好的，美的，值得庆贺的吗?

比实际的年龄苍老，就分明是坏的，丑的，值得悲怆的吗?

那人何必还要长大?还需成熟?龟缩在婴儿的蜡烛包里，永远用着尿不湿，岂不是最高等级的优越?

小的人希冀长大，老的人祈望年轻。这种希望变更的子午线，究竟坐落在哪一扇生日的年轮?与其费尽心机地寻找秘诀，不如退而结网，锻造出心灵与年龄同步的舞蹈。

老是走向死亡的阶梯，但年轻也是临终一跃前长长的助跑。

五十步笑百步，不必有过多的惆怅或是优越。年轻年老都是生命的流程，不必厚此薄彼，显出对某道工序的青睐或是鄙弃，那是对造物的大不敬，是一种浅薄而愚蠢的势利。人们可以濡养肌体的青春，但不要忘记心灵的疲倦。

死亡是生命最后的成长过程，有如银粉色的西红柿被摘下以后，在夕阳中渐渐地蔓延成浓烈的红色。此刻你只有相信，每一颗西红柿里都预设了一个机关，坚定不移地服从节气的指挥。

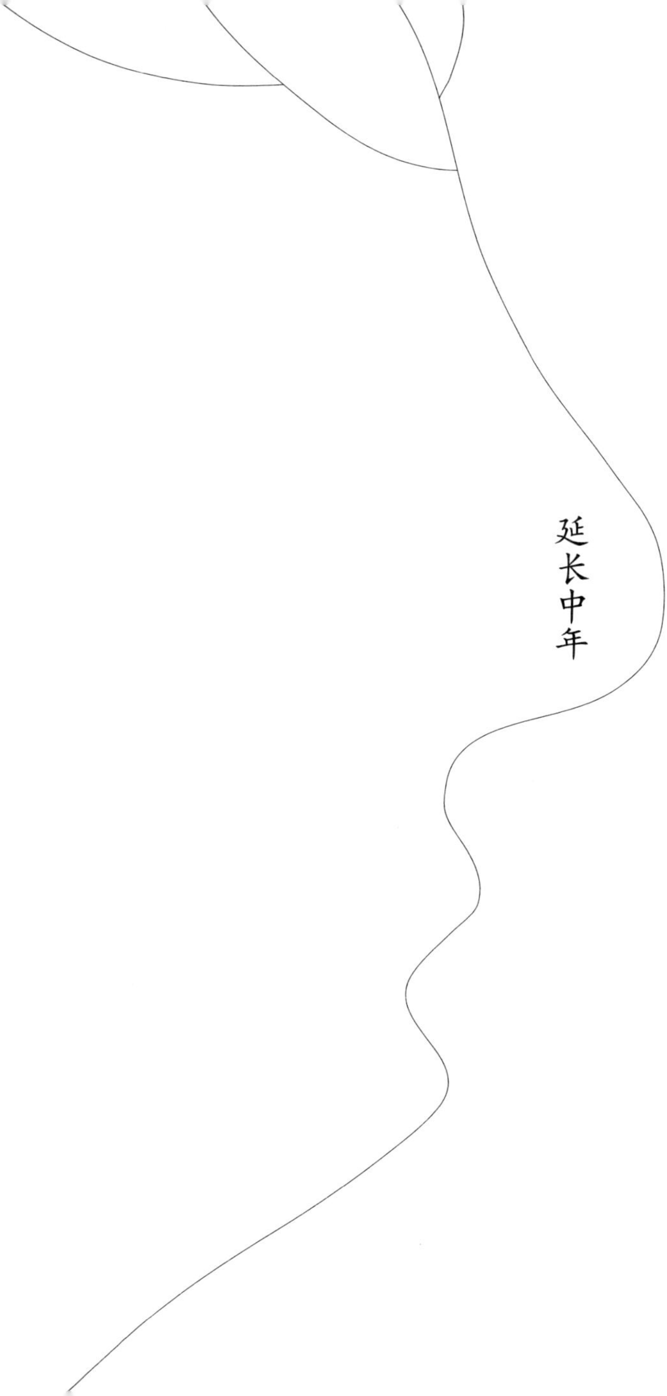

延长中年

人的寿命越来越长。原始人的化石中极少发现罹患癌症的证据，究其原因，除了那时山清水秀无污染，也有学者认为他们30岁左右就已夭折，根本还没来得及活到癌细胞肆虐的高龄。

日本人的平均寿命已接近80岁，北京的这个数字也到了78岁，女性的寿命还更长一些。这消息让人欣喜，“寿”是东方文化中浓重的一笔喜色。好比一座大厦，原本图纸上盖的是60层，古话说“人生七十古来稀”嘛！现在居然多出来了20层，岂能不让生命的开发商喜出望外？建筑面积一下子涨了若干平方米，可以从容安排更多的房客入住了。

人生七彩虹，由幼年、少年、青年、中年、老年等阶段组成。每个阶段都有相对应的年龄界限，比如18岁以前是少年，30岁之前是青年，再往后就是中年了……现在楼房加高，各个阶段如何分配就成了新问题。联合国的法子是把青年的尺度放宽到45岁，这对所有不愿老、不服老、不承认老的人是个利好的消息。

但我心里总不踏实，一个20岁的青年和一个44岁的青年，是一代人吗？后者简直就是前者的老爸老妈了。孩子和父母同属一个年龄段，固然是美好景象，但实用起来，恐有不便。比如说开发一款面向青年人的时装，20岁的年轻人求的是袒胸露背靓丽凉爽，40多岁的人就要顾忌腰背别受了风，以防跟“五十肩”提前挂了钩。

大学里，常常听到20多岁的学子，满面娇羞地称呼自己是“男孩子”“女孩子”，甚至见过一位40多岁的离婚女子，沧桑地说“我们女孩子……”。童年就像上等拉面，被抻得如此之长。

唯一没有歧义的，可能是老年了。60岁以上是老人，120岁也是老人。多出来的20层楼如何分配？是把膨大起来的蛋糕均切到每个年龄段上，还是一股脑儿地塞进老年这只集装箱？

回眼检索一生。我的童年还算幸福，吃穿不愁，经常受到老师的夸奖，但那时的我，没有劳动能力，太孱弱也太无知了。这虽然不是我的过错和责任，但童年的长度已达到我忍耐的极限。我至今清晰地记得当时最迫切的渴望——快快长大成人！

青年阶段。我记得那时血气方刚的味道，也怀念一目十行的好记性。体能充沛，奔跑的速度是一生中的巅峰。但我依然决定把多出来的寿命从青年阶段掠过，不再回头。那时青涩冲动，多目空一切的虚妄和浅尝辄止的窃喜。我虽绝不后悔逝去的青春，但我不期望它被延长。

老年阶段是大厦屋顶，琉璃华美反射阳光，也许它的观赏意义大于实用价值。顶楼的房间，即使附送花园也避免不了无法冬暖夏凉的缺陷。

中年阶段。这个时候的我，不再豆蔻年华人面桃花，不能无忧无虑一个人吃饱了全家不饿，负着太多的责任和期待，常常抚摸着酸硬的肩脊眺望远方，不知还有几程风雨横亘荒野。职场的砥柱中流，要承接更多风险。学术的栋梁之材，要秉烛夜读承上启下。侍奉患病的双亲，长夜漫漫，守候着岩洞滴水般的输液瓶。抚慰拼搏中的家人，要有海一样的襟怀丝绵一样的柔肠……

眼睛已经有一点儿花了，从昏暗的室内走到明亮的蓝天下，会有几秒钟的恍然，好像一架聚焦不灵的望远镜。额上已盘了细密的皱纹，有些是困难的思考烙印在那里的，有些是长久的欢颜聚起来的。手指失去了柔软和灵活，晨起后有轻微的僵直。双腿早已没有麋鹿般的弹跳和轻盈，上下地铁通道，不能跨越两级，只能一个个台阶稳步前进……

尽管有种种的不如意，思前想后，我依旧恳请延长我的中年阶段，因为这是我最勇敢的时刻。

每天都冒一点险

“衰老很重要的标志，就是求稳怕变。所以，你想保持年轻吗？你希望自己有活力吗？你期待着清晨能在对新生活的憧憬中醒来吗？有一个好办法啊——每天都冒一点险。”

以上这段话，见于一本国外的心理学小册子。像给某种青春大力丸做广告。本待一笑了之，但结尾的那句话吸引了我——每天都冒一点险。

“险”有灾难狠毒之意。如果把它比成一种处境一种状态，你说是现代人碰到它的时候多呢，还是古代甚至原始时代碰到它的时候多呢？粗粗一想，好像是古代多吧。茹毛饮血刀耕火种的，危机四伏。细一想，不一定。那时的险多属自然灾害，虽然凶残，但比较单纯。现代了，天然险这种东西，也跟热带雨林似的，快速稀少，人工险增多，险种也丰富多了。以前可能被老虎毒蛇害掉，如今是被坠机车祸失业污染所伤。以前是躲避危险，现代人多了越是艰险越向前的嗜好。住在城市里，反倒因为无险可冒而焦虑不安。一些商家，就制出“险”来售卖，明码标价。比如“蹦极”这事儿，实在挺惊险的，要花不少钱，算高消费了。且不是人人享用得了的，像我等体重超标，一旦那绳索不够结实，就不是冒一点险，而是从此再也用不着冒险了。

穷人的险多呢还是富人的险多呢？粗一想，肯定是穷人的险多，爬高下井，烟熏火燎，恶劣的工作多是穷人在操作，就是明证。但富人钱多了，去买险来冒，比如投资或是赌博，输了跳楼饮弹，也扩大了风险的范畴。就不好说谁的险更多一些了。看来，险可以分大小，却是不宜分穷富的。

险是不是可以分好坏呢？什么是好的冒险呢？带来客观的利益吗？对人类的发展有潜在的好处吗？坏的冒险又是什么呢？损人利己夺命天涯？

嗨！说远了。我等凡人，还是回归到普通的日常小险上来吧。每天都冒一点险，让人不由自主地兴奋和跃跃欲试，有一种新鲜的挑战性。我给自己立下的冒险范畴是：以前没干过的事，试一试。当然了，以不犯法为前提。以前没吃过的东西尝一尝，条件是不能太贵，且非国家保护动物。（有点自作多情。不出大价钱，吃到的定是平常物。）

既有蠢蠢欲动之感，可惜因眼下在北师大读书，冒险的半径范围较有限。清晨等车时，悲哀地想到，“险”像金戒指，招摇而靡费。比如到西藏，可算是大众认可的冒险之举，走一趟，费用可观。又一想，早年我去那儿，一文没花，还给每月六元的津贴，因是女兵，还外加七角五分钱的卫生费。真是占了大便宜。

车来了。在车门下挤得东倒西歪之时，突然想起另一路公共汽车，也可转乘到校，只是我从来不曾试过这种走法，今天就冒一次险吧。于是拧身退出，放弃这路车，换了一趟新路线。七绕八拐，挤得更甚，费时更多，气喘吁吁地在差一分钟就迟到的当儿，撞进了教室。

不悔。改变让我有了口渴般的紧迫感。一路连颠带跑的，心跳增速，碰了人不停地说对不起，嘴巴也多张合了若干次。

今天的冒险任务算是完成了。变换上学的路线，是一种物美价廉的冒险方式，但我决定仅用这一次，原因是无趣。

第二天冒险生涯的尝试是在饭桌上。平常三五同学合伙吃午饭，AA制，各点一菜，盘子们汇聚一堂，其乐融融。我通常点鱼香肉丝、辣子鸡丁类，被同学们讥为“全中国的乡镇干部都是这种吃法”。这天凭着巧舌如簧的菜单，要了一客“柳芽迎春”，端上来一看，是柳树叶炒鸡蛋。叶脉宽得如同观音净瓶里洒水的树枝，还叫柳芽，真够谦虚了。好在碟中绿黄杂糅略带苦气，味道尚好。

第三天的冒险颇费思索，最后决定穿一件宝石蓝色的连衣裙去上课。要说这算什么冒险啊，也不是樱桃红或是帝王黄，蓝色老少咸宜，有什么穿不出去的？怕的是这连衣裙有一条黑色的领带，好似起锚的水兵。衣服是朋友所送，始终不敢穿的症结正因领带。它是活扣，可以解下。为了实践冒险计划，铆足了勇气，我打着领带去远航。浑身的不自在啊，好像满街筒子的人都在端详议论，仿佛在说：这位大妈是不是有毛病啊，把礼仪小姐的职业装穿出来了？极想躲进路边公厕，一把揪下领带，然后气定神闲地走出来。为了自己的冒险计划，咬着牙坚持了下来。走进教室的时候，同学友好地喝彩，老师说，哦，毕淑敏，这是我自认识你以来，你穿的最美丽的一件衣裳。

三天过后，检点冒险生涯，感觉自己的胆子比以往大了一点。有很多的束缚，不在他人手里，而在自己心中。别人看来微不足道的一件事，在本人，也许已构成了茧鞘般的裹挟。突破是一个过程，首先经历心智的拘禁，继之是行动的惶惑，最后刈割蓬松的喜悦。

坚持糊涂

我的一位远亲，住在老干部休养所内，那里林木森森，有一种暮霭沉沉的苍凉之感。隔几年，我会到那里暂住几天。我称她姑妈。

干休所很寂寞，只有到了周末，才有些儿孙辈的探望，带来轻微的喧闹。平日的白天，绿树掩映的一栋栋小楼，好似荒凉的农舍，悄无声息。每一栋小楼的故事，被门前的小径湮没。也有短暂的热闹时光，那是每天晚上《新闻联播》和《焦点访谈》之后，就有三三两两的老人，从各自温暖的家中走出来，好像一种史前生物浮出海面，沿着干休所的甬路缓缓散步。这时分很少车辆进出，所以老人们放心地排着不很规则的横列，差不多壅塞了整个道路的宽度，边议论边踱着，无所顾忌地传布着国家大事和邻里小事……大约一个小时之后，他们疲倦了，就稀落地散去。

我也有晚饭后散步的习惯，跟在老人们背后受限，超过他们又觉不敬，便把时间后移。姑妈怕我一个人寂寞，陪我。

这时老人们已基本结束晚练，甬路空旷寂寥。我和姑妈随意地走着，突然，看到前方拐角的昏暗处，有一个树墩状的物体移动着，之上有枝杈在不规则地招动……

我吓了一跳，想跑过去看个究竟，姑妈一把拽住我说，别去！我们离远些！

那个树墩渐渐挪远，我刚想问个明白，没想到姑妈还是紧闭着嘴，并用眼光示我注意侧方。我又看到一个苗条的身影，像狸猫一样轻捷地跟随着树墩，若隐若现地尾追而去……

那一瞬，我真被搞糊涂了。在这很有与世隔绝感的干休所，好像有迷雾浮动。

拉开足够的距离，确信我们的谈话不会被任何人听到后，姑妈说，前面走的那个是苗部长，她偏瘫了，每天晚上发着狠锻炼。她特别要强，不愿旁人看到她一瘸一拐，手臂像弹弦子一样乱抓的模样，所以总是要等到别人都回家以后，才一个人出来走。大伙儿都不和她打招呼，假装没看见，体谅她。后面跟的那人，是她家的小保姆，暗地里照顾她，又不敢让她瞅见……

我插嘴道，那保姆看起来岁数可不小了。

姑妈说，平日说小保姆说顺嘴了，你眼力不错。苗部长以前是做组织工作的，身子瘫了，脑瓜儿一点儿不糊涂。她说保姆长期服侍病人，年龄太小，耐性恐成问题。所以她特地挑了个中年妇女，还一定要不识字的，因为她老伴老高是搞宣传的，家里藏书很多。要是挑来个识文断字的保姆，还不够她一天看故事读小说的。这个被左挑右选来的保姆，叫檀嫂，你这是晚上见她，看不清楚脸面。人长得好，也干净利落，身世挺可怜的，男人死了，也没个孩子，对老苗可好了……

第二年，我再去的时候，一切如旧，但和姑妈散步的时候，却没有看到树墩状的苗部长和狸猫样的檀嫂。我随口问道：苗部长好了？檀嫂走了？

即使在微弱的路灯下，我也能看到姑妈脸上挂着含义叵测的沉思。不知道。她说，嘴唇抿得紧紧的，好似面对刑讯的女共产党员。我也不便深问，此事轻轻带过。

再一年散步的时候，却猝不及防地看到了“树墩”。她摇晃得很厉害，手臂的划动也更加颤抖和无规则，艰难地挪着，每一个瞬间都可能整个扑到马路上，但她偏偏不可思议地挺进着。我马上去搜寻她的侧面，果然又看到了那狸猫样的身影，只是没了往日的灵动。待光线稍好，我看清檀嫂怀里还抱着一个婴儿。

苗部长病得好像更重了。我说。

是。姑妈说。

檀嫂结婚了？我说。

没。姑妈说。

那孩子是谁的？我问。

苗部长生的。姑妈说。

我差点儿摔个大马趴，虽然脚下的路很平。我说，姑妈，你不是开玩笑吧？且不说苗部长有重病，单说她多大年纪了？早就过了更年期了，怎么还会有孩子？

姑妈说，苗部长退休好几年了，你说她有多大年纪？孩子吗？老蚌含珠，古书上也是有记载的。去年，苗部长和檀嫂很长时间不出门，后来，他们家就传出了月娃子的哭声……

我说，是不是……

姑妈堵住我的嘴说，天下就你聪明吗？苗部长说那娃娃是自己生的，谁又能说不是？我们这儿的人，什么都不说。

我也什么都不说，等待着那一对奇异的散步搭档再次路过我们身旁。这一回，我站在半截冬青墙后，仔细地观察着。苗部长的面容是平静和坚忍的，她用全部身体仿佛在说着一句话——我要重新举步如飞！檀嫂是顺从和周到的，但从她抱孩子的姿势中，也透出浅浅的幸福之意。

我什么也说不出来。

过了两年，再去姑妈那里，散步的时候，又不见了“树墩”和“狸猫”。我问姑妈，苗部长呢？

去世了。姑妈淡淡地说。

我猛地想起《三言二拍》中常说的一句话：奸出人命赌出贼。紧张地问，请法医鉴定了吗？

姑妈好生奇怪地反问我，请法医干吗？苗部长在医院住了很长时间，檀嫂服侍得非常周到。去世的时候，她拉着老高的手，说自己非常满意了，并祝老高幸福。还拉着檀嫂的手说，谢谢。最后她是亲吻着那个小小的孩子离世的。

我说，后来檀嫂就和老高结婚了，现在很幸福。对吗？

姑妈说，是的。你怎么知道的？

我说，这件事再清楚不过了，只要有70分的智商就能理出脉络。你们这里的人都不明白吗？

姑妈微笑着说，我们这里的人，戎马一生，几乎每个人都杀过人。可是我们都不想弄明白这件事。这事里没有人不乐意，对不对？老高要是不乐意，就没有那个孩子。苗部长要是不乐意，就不会承认那个孩子是自己生的。檀嫂要是不乐意，就不会那么精心地服侍苗部长那么长的时间……坚持把一件事弄明白不容易，始终把一件事不弄明白，坚持糊涂也不容易。你说是不是？

我深深地点点头。

面对不确定性的忍耐

什么是不确定性呢？

当然可以顾名思义。也许因为当医生出身，总是觉得这类专有名词有它固定的家族史，还是先追溯渊源验明正身再来讨论斟酌，相对稳妥些。

在书上查到了对不确定性原理的解释。

光的含能量的量子，称为光子，光子含有的能量极为微小。在日常生活里，这些微小的光子对周遭的世界好像没有什么特别的影响。但当科学家开始研究原子世界时，情况便大大不同了。原子里的粒子都是极细小的东西，比如说电子，大约十亿个十亿乘十亿的电子才有一根羽毛的重量。由于这些物质粒子是极细小的东西，如果它们被光子打中，它们会被打得偏离轨道，运动的速度也会改变。

电子很轻，它抵抗不住光子的撞击，电子就从原来的位置被撞了出去。在观察的那一瞬间，电子便被震荡，运行速度便发生变更，因此转眼间又不知那电子在哪儿了。这就是著名的不确定性原理（uncertainty principle）。这定理不允许我们同时测量电子的位置又测量其速度。不能同时知道这两样数据，我们就无法预言粒子的运行轨道，或者说它是否有一确定的运行轨道也无法知道。

这个理论如此奇特并难以想象，教人困惑。它摧毁了经典世界的因果性，捣毁了客观性和实在性。从它面世，近80年来没有一天不受到来自各方面的质疑、指责、攻击。

我不知道这个量子力学中的经典理论，和我们今天在社会生活中要谈论的不确定性，有多少传承的血缘关系？抑或前者是曾祖，后者只是它的远房重孙，虽然有着割舍不断的亲缘，相貌上已经揉入了更多的异族之血？

如果就社会生活“不确定性”的字面含义来说，顾名思义就是这个世界有些乱套，以往的某些顺理成章的轨迹被颠覆，人们对自己的将来失去了把握，陷入迷茫和焦虑之中。我们会听到对一件事物，比如房价和空调价格的截然相反的假说，正方反方的领军人物都赫赫有名，让我们洗耳恭听并待时间检验之后心生愤懑。某一方既然一而再、再而三地说不准，怎么还好意思在电视屏幕上或报纸专栏中一如既往地口若悬河？然而腹诽或口诛之后，我们依然会守在那里等着他们继续夸夸其谈。我们都既苛刻又宽容，因为面对着“不确定”的世界，越是陷入不可把握的泥潭，就越想知道他人面对着“不确定”的确定看法。我们在怪圈中骑一匹跛脚的瞎马，头晕眼花，依然沿着惯性旋转。再比如我们面对着婚礼上的一对玉人抛洒尽了人间的祝福，但起码有一半以上的来宾对他们能否白头偕老疑窦丛生。古语说“三岁看老”，人们都预言邻居家的孩子没有出息，因为他自小说谎并且好吃懒做偷鸡摸狗，不想他在几年牢狱之灾后居然做起了买卖，如今也成了人五人六的中产阶级；而对门勤劳的大叔吃起了城市低保，过春节的时候眼巴巴地等着送温暖的社区干部带来一桶大豆油……

然而无论前途多么诡谲难测，祝福还是要发，期望还是要有。

因为我们还有救。即使在量子力学的理论当中，也要强调当样本数量变得非常非常大时，概率就有用武之地了。

还拿电子来说事吧。电视的后面有一把电子枪，不断地逐行把电子打到屏幕上形成画面。对单个电子来说，人们不知道它将出现在屏幕上的哪个点，只有概率而已。不过大量电子叠在一起，就可以组成稳定的画面了。再如保险公司没法预测一个客户会在什么时候死去，但它对一个城市的总体死亡率是清楚的，所以保险公司经营得当，一定赚钱。

那些关于人类美德的基石，就是我们社会生活的概率了。还有时间的金色砝码，也是社会生活的概率了。不确定性指的是微观世界，越是瞬息万变的节奏，越是小的偶然性，越不可预测。但量子力学的理论并不等于放之四海而皆准的真理，大的宏观世界，就是一个概率的组合，存在着可以预测的规律，轨道就是秩序。一个奸商可以得逞于一时，却不可以牟利于久远，因为“不怕人比人，就怕货比货”。一个从牢狱大墙出来的人，不是不可能成功，但那一定是痛改前非的结果，而不是重蹈覆辙。时间本身就是甄别泥沙俱下的不确定性的最好的明矾，只是它还需要配合。

配合时间的盟友就是人们的耐心。不是一般的耐心，而是非凡的忍耐。就像要容忍电子们在布朗运动之后排列出清晰的电视图案，这需要安静地等待。具体谈到房价是涨还是落这样的问题，怕是要先搞清要投资还是要自住。如果是投资，那就有风险，你就要独立做出对未来房价趋势走向的判断，然后为了这个判断去冒折戟沉沙的风险。不要把责任推给他人和量子们，那虽然便捷却是变相的懦弱。如果一切都月朗风清确定无误，也就消磨了机智和决断，也就荡平了投机和暴利。说到婚姻的长久与和美，只要你在这之前已经充分做了考察和准备，那就义无反顾一往无前地走入围城。婚姻的双方，本来就是家庭的毛坯，还需岁月长久的打磨和嵌合，才能渐趋完美和谐。它的稳固和分裂，与人性的完整成密切的正相关，和量子力学倒是隔着万水千山。

人虽然是微小的生灵，和没有知觉没有主观能动性的电子之类，还是截然不同的。和它们相比，人毫无疑义是宏观的。人的目标是宏观的，人的努力是宏观的。人和人的集合体，更是一个伟大的宏观。从人类的历史来看，不确定是暂时的，确定才是长久的。我不能确定我哪一天会死，但我可以确定活着的每一天，都饶有兴趣地度过。我不能确定我的婚姻一定幸福，但我可以确定自己的诚恳和投入。我不能确定这篇关于不确定的小文是否有趣，但我可以确定我已经用心用力。

比树更长久的

人们对于生命比自己更长久的物件，通常报以恭敬和仰慕。对于活得比自己短暂的东西，则多轻视和俯视。前者比如星空，比如河海，比如久远的庙宇和沙埋的古物。后者比如朝露，比如秋霜，比如瞬息即逝的流萤和轻风。甚至是对于植物和动物，也是比较尊崇那些寿命高渺的巨松和老龟，而轻慢浮游的孑孓和不知寒冬的秋虫。在这种厚此薄彼的好恶中，折射着人间对时间的敬畏和对死亡的慑服。

妈妈说过，人是活不过一棵树的。所以我从小就决定种几棵树，当我死了以后，这些树还活着，替我晒太阳和给人荫凉，包括也养活几条虫子，让鸟在累的时候填饱肚子，然后歇脚和唱歌。我当少先队员的时候，种过白蜡和柳树。后来植树节的时候，又种过杨树和松树。当我在乡下有了几间小屋，有了一块属于自己的小园子之后，我种了玫瑰和玉兰，种了法桐和迎春。有一天，我在路上走，看到一节干枯的树桩，所有的枝都被锯掉了，树根仅剩一些凌乱的须，仿佛一只倒竖的“鸡毛掸子”。我问老乡，这是什么？老乡说，柴火。我说我知道它现在是柴火，想知道它以前是什么。老乡说，苹果树。我说，它能结苹果吗？老乡说，结过。我不禁愤然道，为什么要把开花结果的树伐掉？老乡说，修路。

公路横穿果园，苹果树只好让路。人们把细的枝条锯下填了灶坑，剩下这拖泥带土的根，连生火的价值都打了折扣，被弃在一边。

我说，我要是把这树根拿回去栽起来，它会活吗？老乡说，不知道。树的心事，谁知道呢？我惊，说树也会想心事吗？老乡很肯定地说，会。如果它想活，它就会活。

我把“鸡毛掸子”种在了园子里。挖了一个很大的坑，浇了很多的水。先生说，根须已经折断了大部，根本就用不了这么大的坑，又不是要埋一个人。水也太多了，好像不是种树，是蓄洪。我说，坑就是它的家，水就是它的粮食。我希望它有一份好心情。

种下苹果树之后的两个月，我一直四处忙，没时间到乡下去。当我再一次推开园子的小门，看到苹果树的时候，惊艳绝倒。苹果树抽出几十枝长长短短的枝条，绿叶盈盈，在微风中如同千手观音一般舞着，曼妙多姿。

我绕着苹果树转了又转，骇然于生命的强韧。甚至不敢去抚摸它紫青色的树干，唯恐惊扰了这欣欣向荣的轮回。此刻的苹果树在我眼中，非但有了心情，简直就有了灵性。

当我看到云南个旧市老阴山上的文学林的时候，知道自己又碰上了一群有灵性的树。1983年的春天，丁玲、杨沫、白桦、茹志鹃、王安忆等20多位作家，在这里种下了树。21年过去了，我看到一棵高高的杉树，上面挂着一个铭牌，写着“李乔”。李乔是位彝族作家，已然仙逝。我没缘分见到他本人，但我看到了他栽下的树。以后当我想起他的时候，记不得他的音容笑貌，但会闪现出这棵高大的杉。李乔已经把生命的一部分嫁接到杉树的枝叶里，这棵杉树从此有了自己的名姓。

也许是考虑到每人一棵树，不一定能保证成活，也不一定能保证多少年后依然健在，这次聚会，栽树的仪式改为大家同栽一棵树。这是一棵很大的树，枝叶繁茂。我也挤在人群中扬了几锹土，然后悄悄问旁人，这是一棵什么树？

是棕树的一种，国家二类保护树种呢！工作人员告诉我。

这棵树能活多少年呢？我又追问。

这个……不大清楚。想来，100年总是有的吧。工作人员沉吟着。

我看着那棵新栽下的棕树，心想：不管它的寿命多么长久，总有凋亡的那一天。也许是被雷火劈中，也许是被山洪冲毁，也许是被冰霜压垮，也许是被盗木者砍伐……总之，一棵树也像一个人一样，有无数种死法，总之是不会永远长青的。

在栽树的时候，去谋划一棵树的死亡，这近乎是刻毒了。我不想诅咒一棵树。鉴于一个人总是要死的，人们寄希望于那些比个体生命更悠远的事物。但一棵树也是会死的，即使像我捡来的苹果树那样顽强且有好心情的树，也是会死的。既然树木无望，我们只有寄托于精神的不灭。

一个人是活不过一棵树的，然而再古老的树也有尽头。在所有的树的上面，飞翔着我们不灭的精神，而文学是精神之林的一片红叶。

千头万绪是多少？

“千头万绪”这个词，有一种沸沸扬扬的夸张和缠人喉咙的窒息感，让人心境沮丧，捉襟见肘，好像一个泥潭，不留神陷进去，会被它掩了口鼻，呛得翻白，甚或丢了性命，也说不得。

现代人很常用——或者简直就是爱好用这个词，来描绘自己的生存状况。常常听到人们说自己的处境——千头万绪，要干的工作——千头万绪，待处理的事物——千头万绪，需承担的责任——千头万绪……千头万绪几乎成了一条癞皮狗，死打烂缠地咬住每位现代人的脚后跟，斥之不去。

千头万绪是一个主观的判断，一个夸张的形容。难道对一个普通人来说，世上就真有一万件事，非得你御驾亲征不可？

当我们认定自己进入了千头万绪这一局面的时候，心先就慌了。披头散发，眉毛胡子一把抓，天空也随之阴霾。因为紧迫，就慌不择路。结果是线头越搅越多，原本可以解开的结，也成了死扣。

千头万绪有一种邪恶的威慑力，恐惧和慌乱是它的左膀右臂。一旦被这几个魔头统治了心神，我们在灾难的海市蜃楼面前，往往顿失镇定和勇气。

我认识一位女友，当她说到自己的近况时，脸色晦暗，手指颤抖，嘴唇也无目的地扭曲了，显出干涸辙印中小鱼的表情。

她的确是遇到了足够的麻烦。丈夫外遇十年，儿子正逢高考，模拟考试成绩很不理想。她接手奋战了一年的科研项目，已到了关键时刻，她的高血压又犯了，整天头晕。昨天上街由于精神恍惚，被小偷割裂了书包，偷走了上千元钱。她的邻居在装修房屋，每天电钻声吵得人耳鼓爆炸……

有的时候，真想一死了之！千头万绪啊，我看不到一点儿光明！她这样说着，狠狠捶击着自己的太阳穴。

我说，我能体会到你心中的痛楚和无奈。你想改变这一切，但感到自己绝望和孤独。我们先找到一张白纸，把你最感痛苦烦恼的事件写下来，然后我们看看，有什么办法可以逐个解决它们？

洁白的纸，铺在桌面，如同一片无瑕的雪地。左是起因，右写对策。女友提笔写下：

1. 夜里睡不好觉，因为电钻太吵。

我很惊讶地问她，那装修的人家，居然敢冒天下之大不韪，在夜里开动电钻？

女友愣了一下，然后说，那倒不是。楼下孀居多年的邻居要结婚了，房屋不整也实在当不了新房。那家事先已出了安民告示，并于晚八点以后，不再使用电钻。

我说，那么，你睡不好觉，就另有原因，并不能归罪于电钻了？

她对着白纸，看了半天，仿佛不认识自己写下的那一行字。然后把“电钻”云云删去了，在对策一栏里，写下——吃两片安眠药。

继续整理你的烦恼。我说。

2. 丈夫外遇十年。

真是一个折磨人的大难题。我定定神问，你最近才知道吗？

她嘶哑地答，早知道了。

我说，你打算最近采取行动，彻底解决这个问题吗？

她思忖着说，时机还不成熟。无论是离婚还是敦促他痛改前非，都需要时间。

我说，那它是可以从长计议的，也就是目前采取的对策是等待。

女友点点头。

3. 昨天丢了1000块钱。

我说，真倒霉啊，雪上加霜。你报案了吗?

她说，报了。但是没寄什么希望。

我说，那就是说，你基本上觉得这笔损失是不可挽回的啦?

她很快地回答，是啊。

我说，不一定呵。也许你不停地愁苦下去，把自己的太阳穴敲出一个透明窟窿，小偷会良心发现，把那笔钱送回来。

她扑哧一声笑了，说，瞧你说的。那小偷根本就不知道我是谁，哪怕我今天自杀了，他也不会发慈悲的。

我正色道，说得好。这笔损失，并不因你的痛楚而有复原的可能。

女友想了想，就把这一条划掉了，重写了一个“3. 孩子考不上大学”。

我陪着她深深地叹了一口气，然后问她，你是直到今天才意识到孩子上大学无望吗?

她摇摇头，说，他学习成绩一直不好，这结果其实已在意料之中。以前总幻想能出现一个奇迹，现在彻底破灭了。

我说，不符合实际的幻想破灭，你说是件好事还是坏事？

她明白了我的用意，但还是很沉重地说，面对残酷的现实，总是让人难以接受。

我说，是啊。但事实是否因你的不接受，而有改变的可能呢？

女友说，我还是很希望孩子能有接受高等教育的机会啊。

我说，此次没有考上大学，并不意味着孩子永远失去了接受高等教育的机会。

她突然抓住我的手说，你的意思是还有机会？

我说，你觉着呢？我记得你就是通过自学直接考取的研究生啊。

她沉默了很长的时间，然后一字一顿地说，是啊。孩子已经18岁了，教会他如何应付困境，也许更重要。于是她写下对策——重新来。

继续下去。

4. 高血压。

我说，你的血压是否已经像珠穆朗玛一样，成了世界上的第一高峰了呢？

她有些气恼了，说，我真的很痛苦，你却在这里穷开心。

我把脸上的笑容收起，说，对于病，也要有一个战略藐视战术重视的应对。我相信你的高血压并非到了药石罔效的地步，只要按时吃药，是可以控制的。你服药很可能不守医嘱。

她有些不好意思，反问，你怎么知道的？

我说，别忘了，我还是有20多年医龄的老大夫，你瞒不过我的火眼金睛。

女友老老实实地交代说，一忙起来，就忘了。她规规矩矩地写上对策——遵医嘱。

女友的脸色渐渐平稳，但她还是愁肠百结地写下了最后一条。

5. 科研任务紧迫。

我说，关于此项艰巨的任务，你承担了一年。现在到了最后攻关阶段，你是否已对自己丧失信心？

她很坚定地回答，没有。只是我的心情不好，你知道，对于一个搞研究的人来说，心情就是生产力啊。

我一拍她的手掌说，你讲得好！但心情是纯属你精神领域的感觉，你为什么不使自己的心情明亮起来呢？

她说，讲得轻松！不挑担子肩不疼。我这里千头万绪，哪里就亮得起来！

我含笑说，看看你的千头万绪，还剩下了多少？

那张洁白的纸上，写着：

失眠——安眠药

丈夫外遇——从长计议

(丢钱——自认倒霉)

儿子未考上大学——重新来

高血压——遵医嘱

科研攻关——好心情

她看了一遍又一遍，好像不相信自己的千头万绪，已细化成如此简明扼要的条款。看来，我只要今晚吃上两片安眠药，明早醒来，阳光就依旧灿烂？她有些半信半疑。

我说，当所有的头绪都搅在一起的时候，的确很可怕。它们使我们的心情变得极为恶劣，智力陡然下降，判断连续失误，于是事情就进入了一个更糟糕的怪圈。把它们理清，列出对策，就可以逐一攻克了。好心情并不来源于一帆风顺，而是生长于从容和坚定的勇气中啊。

女友说，哈！我知道啦！我们每个人都有长出好心情的土地，就看你是否耕耘。